MW01106012

FLORES DE LA PRADERA

FLORES DE LA PRADERA

Ramón G. Guillén

Número de Control de la Biblioteca del Congreso de EE. UU.:   2016905636

ISBN: Tapa Dura   978-1-5065-1381-2

                      Tapa Blanda   978-1-5065-1380-5

                      Libro Electrónico   978-1-5065-1379-9

Información de la imprenta disponible en la última página.

Fecha de revisión: 14/04/2016

Para realizar pedidos de este libro, contacte con:
Palibrio
1663 Liberty Drive
Suite 200
Bloomington, IN 47403
Gratis desde EE. UU. al 877.407.5847
Gratis desde México al 01.800.288.2243
Gratis desde España al 900.866.949
Desde otro país al +1.812.671.9757
Fax: 01.812.355.1576
ventas@palibrio.com
739370

ÍNDICE

Prólogo vii

Capítulo 1   Ninfa 1

Capítulo 2   Paloma 40

PRÓLOGO

"Flores De La Pradera". Una historia que te cautivará. Desarrollada en este pueblo lejos de la civilización, rodeado por las praderas llenas de flores silvestres, las laderas, las colinas, las montañas, los estanques llenos de agua y los riachuelos de agua por doquier por el tiempo de las lluvias. "Flores De La Pradera". Donde el amor nace entre en medio de las amapolas rojas, las flores cosmos de color rosa, blanco, lilac, anaranjado, las dalias de todos colores y las orquídeas silvestres. "Flores De La Pradera". Te llevará y te hará vivir esta historia dentro de este pueblo mágico rodeado por las flores, montañas, las colinas, las laderas y las praderas. Donde el amor más puro nace de Ninfa para el hombre que la enamora. Una historia de amor que te hará llorar por amor o por dolor.

Capítulo 1

NINFA

Ninfa abrió las puertas de la ventana de su habitación, era una mañana bella, el cielo estaba azul y el sol brillaba calentando esa hermosa mañana y secando el agua del roció de las flores del jardín de su casa, tan pronto como abrió la ventana, le llegó el dulce y seductor aroma de las rosas, salió al jardín y observó las flores por doquier, luego se acercó a un rosal de rosas grandes y anchas color morado, y acercó su nariz para oler más de cerca su seductor aroma. Ninfa apenas tenía la edad de diecisiete años, y ella también era hermosa, frágil y delicada como una flor de su jardín, estaba en la mera flor de su juventud y deseosa de conocer el amor, quería enamorarse, quería saber que era sentir los labios de un hombre en sus labios, estaba deseosa de que la besara un hombre y ella besarlo a él, estaba deseosa de conocer la magia de un beso y la magia del amor, deseaba que alguno de los hombres que ella conocía se acercara a enamorarla, y así, poder caminar tomados de la mano y pasear por la pradera llena de flores, la ladera, las colinas, las montañas, o por los riachuelos grandes que bajaban por las montañas. Luego acostarse en la hierba probando los besos del hombre del cual ella estuviera enamorada y él enamorado de ella. Por las noches, antes de dormirse, agarraba su diario y escribía poéticamente sus pensamientos sobre el amor, su soledad de su corazón y el deseo de conocer el amor. Ninfa era una mujer sensible, romántica, tierna de corazón y amante a las flores, a la música, al viento, a la lluvia, al sol, a la luna, a las estrellas y a los paisajes de la naturaleza.

Ninfa caminaba esa tarde por la calzada rumbo al rosario de la iglesia, el viento levantaba su pelo y jugaba con su vestido cuando de buenas a primeras escucha la voz de un caballero alto, delgado y muy apuesto, diciendo:

—¿A dónde vas tan bella y solita a esta hora, Ninfa?

Ninfa volteó el rostro y vio que era Melquiades, un hombre de casi ya treinta años de edad y el hijo del hombre más rico del pueblo, y ella responde:

—Voy a la iglesia.

—¿Me permites que te acompañe?

—Está bien —contesta Ninfa tímidamente.

—Te has puesto ya muy grande y bonita —Ninfa no dice nada y sigue caminando—. Me imagino que por lo bonita que te has puesto ya tienes novio.

Hay un silencio, y Ninfa dice:

—No, no tengo novio, Melquiades.

—Entonces te pido que me dejes ser tu novio para enamorarte y para enseñarte sobre el amor. —Ninfa no dice nada por un momento, llegan a la iglesia y Melquiades dice—: Te voy a estar esperando aquí afuera para cuando salgas de la iglesia acompañarte de regreso a tu casa.

Ninfa entra a la iglesia sin decir nada sintiendo las mariposas revolotear en su estomago, se pone de rodillas, toca su estomago con sus dos manos, y se dice a sí misma mientras ya rezan el rosario un grupo de personas: —¿Cómo un hombre tan lindo se puede fijar en mí? ¿Estará jugando conmigo? ¿O, sí me estará hablando en serio? Padre nuestro que estás en el cielo, santificado sea tú... ¿De verdad, le gustaré yo? ¡Porque él sí me encanta! Padre nuestro que estás en el cielo, santificado sea tu nombre... ¿Y por qué no le habla a una mujer de su edad? Padre nuestro que estás en el cielo, santificado sea tu nombre, venga a nosotros tu reino... Padre nuestro que...

Perdóname, padre, no me puedo concentrar —Ninfa se dice a sí misma mientras rezan el rosario los feligreses.

Ninfa no pudo concentrarse en el rosario pensando en Melquiades. Salió de la iglesia y allí afuera estaba Melquiades esperándola, ella salió con su velo blanco puesto en su cabeza, observó con admiración y emoción a Melquiades, pues, Melquiades era un hombre muy varonil y apuesto, se acercó Ninfa a él, y le dice:

—No creí que me fueras a esperar.

—¿Por qué no?, yo soy un hombre de palabra, te dije que te esperaría y aquí estoy. En este pueblo no hay restaurantes ni cafés, sino ahorita te invitara a comer o a tomar un café.

Ninfa no dice nada por un momento, luego dice:

—Bien, vámonos ya.

Y empezaron a caminar rumbo a la casa de Ninfa, las mariposas empezaron a revolotear de vuelta en el estomago de Ninfa por la emoción de que un hombre tan guapo la acompañara de regreso a su casa. Ya el sol se había ocultado y oscurecía, estaba ya más oscuro que claro, ya se empezaban a ver las estrellas en el firmamento, iba a ser una noche oscura, porque la luna no se haría presente esa noche, Ninfa vivía en un pueblo donde todavía no llegaba la electricidad, así que, los habitantes de ese pueblo, por las noches se alumbraban con velas y lámparas de petróleo. Se hizo de noche caminando hacia la casa de Ninfa, y Melquiades dice mientras caminaba al lado de Ninfa:

—Pues como te dije más temprano: Te has puesto grande y muy hermosa.

—Gracias, Melquiades, —contesta Ninfa.

—¿Entonces qué? ¿Quieres ser mi novia?

—No sé Melquiades porqué me pides que yo sea tu novia habiendo en el pueblo tantas muchachas bonitas y de tu edad.

—No tan bonitas como tú, Ninfa. Tú eres la más bonita de todas.

—¿De veras que me estás cortejando de verdad, Melquiades?

—Sí, Ninfa, me gustas mucho y quiero que seas mi novia.

—Yo nunca he tenido novio, y ni tengo experiencia en el amor, y tú Melquiades; ya eres un hombre con conocimiento y con experiencia en el amor.

—Por eso déjame ser tu novio, déjame enseñarte sobre el amor.

El velo negro de la noche cobijaba ya al pueblo y a los valles alrededor, el cielo estaba ya completamente lleno de estrellas, las cuales resplandecían más que otras noches por la ausencia de la luna y por lo oscuro de esta noche, la oscura noche era excitante, provocativa y propicia para las citas de los amantes que se ocultan en la oscuridad para que nadie los vea. Entonces Ninfa dice:

—Está bien, Melquiades, acepto ser tu novia.

Melquiades en la oscura noche toma a Ninfa en sus brazos, deposita un beso ardiente en los labios tiernos, sedientos y seductores de Ninfa, Ninfa se estremece al sentir los labios de Melquiades en sus labios como el viento estremece la rama de un árbol tierno. Luego Melquiades la saca del camino, la recarga en la pared de una finca abandonada, junta su tierno y frágil cuerpo de Ninfa a su cuerpo, y la empieza a besar de nuevo ardientemente. Ninfa siente los labios ardientes de los besos de Melquiades, los brazos de Melquiades que la abrazan y la juntan fuertemente al cuerpo de él, es primera vez que un hombre la abraza, la besa, la toca y la tiene tan junta a su cuerpo, Ninfa siente la mano de Melquiades por debajo de su vestido acariciándola mientras ella ya también besa a Melquiades ardientemente, luego se siente salvajemente excitada y hace que Melquiades pare de besarla y de acariciarla, y dice:

—Ya debo de llegar a casa, Melquiades, ya es tarde y mis padres estarán esperándome.

Ninfa camina tomada de la mano de Melquiades emocionada, excitada y con vergüenza por haber dejado que Melquiades llegara a donde llegó cuando la besaba y la acariciaba por debajo de su vestido.

—¿Qué te pasa? De pronto te pusiste seria —pregunta Melquiades.

—Es que me siento mal y avergonzada por haberte permitido que me tocaras.

—Pero te gustó, ¿verdad?

—Sí —contesta Ninfa.

—No te sientas mal, Ninfa, ahora eres mi novia y es lo que hacen los novios.

—Sí, pero no dejo de sentirme mal, si vamos a ser novios, nomás que sean besos y abrazos. Quiero que me respetes.

—Está bien, será como tú quieras.

Cerca de la casa de Ninfa, Ninfa soltó la mano de Melquiades, pues vivían en un pueblo cien por ciento tachado a la antigua, era una deshonra que una mujer caminara tomada de la mano de un hombre, mucho más que se dejara besar y a acariciar sus partes íntimas por un hombre, eso ya era causa para que una mujer no se casara y fuera despreciada por los hombres si se daban cuenta que ella ya había sido tocada y besada por un hombre. Llegó

Ninfa a la casa de sus padres, y la mamá ya la esperaba, y le dice:

—Hoy se te hizo más tarde que de costumbre, Ninfa.

—Sí, mamá, hoy el padre Camilo dio un sermón más largo. Me voy a mi cuarto a descansar, estoy cansada.

—¿Cómo que un sermón? si hoy el padre Camilo no da misa —dice Cristina la madre de Ninfa.

—Bueno, la letanía… la letanía del rosario la hizo más larga hoy.

—¿Quieres comer algo antes de que te vayas a tu cuarto?

—No gracias, no tengo hambre.

Ninfa se retiró a su cuarto, se acostó en su cama y empezó a recordar todo lo sucedido con Melquiades, y así, se quedó dormida. La mañana siguiente, despertó y su primer pensamiento al despertar fue hacia Melquiades, sintió en su corazón una emoción y un sentimiento de alegría que nunca había conocido. ¡Y era, porque su corazón ya no sería el mismo de ayer! Se dio cuenta que empezaban a nacer sentimientos de ella hacia Melquiades. Ninfa se levantó de la cama, abrió la ventana de su cuarto y vio el hermoso sol brillante, el cielo azul adornado con una que otra nube blanca, vio que las mariposas y los colibrís revoloteaban entre las flores del jardín, y a un lado de todas las flores; bajo un árbol grande lleno de flores de color rosa a sus padres tomando el desayuno. Llegó Ninfa a donde estaban sus padres, y dice:

—Buenos días, padres.

—Buenos días, hija —contesta el padre— tu madre me dijo que anoche te sentiste cansada y te fuiste a dormir temprano, por eso no quisimos despertarte temprano para que tomaras el desayuno con nosotros.

—Siéntate hija a tomar el desayuno —le dice la madre.

Ninfa se sentó a comer el desayuno con sus padres, y una vez que terminó de comer, se retiró a bañarse y a ponerse bonita, pues no faltaba mucho para que este día domingo pasaran sus amigas por ella para ir a la iglesia y asistir a la misa del medio día. Ninfa terminó de ponerse bonita y sonaron a la puerta las amigas, la madre abrió, y una de ellas dice:

—Buenos días, doña Cristina, venimos por Ninfa para ir a la iglesia.

—Pasen, muchachas, voy a ver si ya está lista.

Ninfa salió de su cuarto al escuchar las voces y las risas de sus amigas, y dice:

—Ya me voy mamá.

—Nunca las vi tan entusiastas y tan devotas para ir a la misa, es por el padre Camilo, ¿verdad?

—En verdad, que sí, doña Cristina, el padre Camilo es un sueño —dice Julieta la mayor de las jóvenes.

Luego dice Petra:

—Lastima que se haya hecho un cura, es tan lindo.

Luego dice Chelo, la más jovencita de las mujeres:

—Pero con sus sermones nadie se duerme.

Y por último dice Isabel:

—¡Ay!, que chulada de hombre, doña Cristina.

—Ya no es un hombre del mundo, muchachas, ahora es un sacerdote —y todas suspiraron diciendo: —¡Lástima!—. Está bien, ya váyanse para que no lleguen tarde a la misa —dice, doña Cristina.

Salió el ramillete de hermosas mujeres de la casa de Ninfa, y caminaban por la calzada empedrada de piedra lisa rumbo a la Iglesia, el estanque grande de agua que estaba a un lado de la calzada, las praderas llenas de flores, la vista de las colinas y de las montañas verdes hacían ver el panorama como un pequeño paraíso. Era un hermoso día, no hacía frío ni calor, las calles y los campos estaban llenos de flores silvestres porque era el tiempo de las lluvias, y la belleza de las flores silvestres se confundía con la belleza de las lindas flores que caminaban rumbo a la iglesia. Salieron algunos hombres de la cantina a observar el hermoso ramillete de mujeres que pasaba por allí, y allí, estaba Melquiades, las miradas de Ninfa y de Melquiades se cruzaron, y Ninfa se sintió emocionada al ver a Melquiades, pues, Ninfa empezaba a enamorarse de él, su dulce y tierno corazón también empezaba a palpitar más aprisa cada vez que Ninfa miraba a Melquiades. Llegaron a la iglesia, Ninfa y dos mujeres se dirigieron al coro, el resto de las mujeres jóvenes se sentaron en las bancas de enfrente, porque les gustaba mirar al padre Camilo de cerca. Alguien por allí terminaba de arreglar las flores, un monaguillo ponía la biblia en la mesa mientras otro ponía el vino y la copa de consagrar, era una iglesia pequeña, pues era un pueblo pequeño entre en medio de las colinas, las montañas y las praderas, lejos de la civilización, pero un paraíso comparado con la ciudad. Sus lindas montañas, colinas, laderas y praderas llenas de flores, sus estanques grandes llenos de agua y riachuelos que abundaban por doquier por el tiempo de las lluvias, sus miles de aves que cruzaban el cielo por las tardes para llegar a sus nidos, en el día, su cielo azul, y por la noche su maravilloso cielo estrellado hacían a ese pequeño pueblo, un pueblo mágico. El padre Camilo hizo la seña al coro para que empezaran a cantar, y salió al frente del púlpito, las mujeres jóvenes, tanto como las mujeres mayores, más que mirarlo como un sacerdote, lo miraban como a un hombre por lo atractivo y varonil que él era.

—Queridos hermanos, hermanas, gracias por venir hoy a la casa de Dios.

El padre Camilo extiende las manos, y dice:

—La gracia de nuestro señor Jesucristo, el amor de Dios Padre, y la comunión del Espíritu Santo estén con todos vosotros.

—Amen —respondió el pueblo.

Y después que el padre Camilo terminó con los ritos iniciales de la misa y llegó al sermón; pregunta viendo que la mayoría que asistían a la misa eran mujeres y niños:

—¿Y los hombres, dónde están? ¿Por qué no los veo? ¿Por qué veo casi puras mujeres y niños en la casa de Dios? —Se acerca a una mujer y le pregunta—: ¿Cómo te llamas, hija?

—Elvira, padre Camilo.

—¿Eres casada, Elvira?

—Sí, padre Camilo.

—¿Y tu marido, por qué él no está aquí contigo?

—Él dice que la iglesia es para las viejas, por eso él no viene a la misa, padre.

—¿Y tú crees que él está correcto, Elvira?

—No padre, la iglesia es para que todos vengamos a escuchar la palabra de Dios.

—Tú lo acabas de decir, Elvira, la casa del señor es para que todos vengamos a orar y a aprender la palabra de Dios. Madres, esposas, hermanas, amigas, yo les invito para que empiecen a convencer a sus hijos, a sus esposos, a sus hermanos, a sus amigos, a que vengan a la iglesia. Sáquenlos de la cantina, del billar y de la mesa de la baraja. Ya me he dado cuenta que he caído en un pueblo donde todos los hombres se creen muy machos y que piensan que no necesitan de Dios, principalmente los jóvenes, con su juventud a plena flor, que piensan que todo lo pueden, que son invencibles y que no necesitan de Dios. Pero déjenme que les diga…, yo sé que a la mayoría les sonríe en este momento la vida, y todo es bueno, y no se acuerdan de Dios, pero lo que no saben; que así como les sonríe la vida en este momento; también el día de mañana les llegará lo que es inevitable en el ser humano: tristezas, angustias, dolor, miedo, y cuando su corazón y su alma se encuentren cansados, desolados, afligidos y desesperados por el sufrimiento: tienen que tener a alguien en quien agarrarse para no caer en el abismo, y ese alguien es Dios, ese alguien es Jesús Cristo, ese alguien es la madre de Jesús que nos ama, tenemos que tener a ellos para agarrarnos de su mano, de su manto, para no caer más profundo y levantarnos, hermanos y hermanas, nosotros no somos tan fuertes como nosotros pensamos, nuestros sentimientos son frágiles al sufrimiento, por eso debemos de estar cerca de Dios para cuando nos llegue el sufrimiento, y así, tener a alguien a quien pedirle ayuda para que nuestro sufrimiento sea más leve, para tener a alguien en quien agarrarnos para no caer más profundo o por si caemos para agarrar la mano de ellos para levantarnos.

Terminó el padre Camilo con su sermón y la mayoría de las mujeres permanecieron atentas a él, principalmente las mujeres jóvenes que les encantaba ver el rostro varonil del padre Camilo. Terminó el padre con la misa, y empezó a salir la gente mientras el coro cantaba una hermosa canción.

Después, se acerca el padre Camilo al coro, y dice:

—Me gustó mucho los cantos que hoy cantaron, lo hicieron muy bien, muchas gracias.

—Gracias, padre Camilo —dice Ninfa mientras pone en orden sus hojas de sus cantos—. Mañana antes de que empiece el rosario vamos a estar aquí practicando los cantos para el próximo domingo.

—Muy bien, también si conocen a más músicos; invítenlos al coro para que el coro esté más grande —dice el padre Camilo.

Volvió a pasar el mismo ramillete de jóvenes a un lado de la cantina después de la misa, y volvieron a salir algunos hombres para mirarlas cuando pasaban, y las miradas de Melquiades y Ninfa se volvieron a cruzar. Julieta la mayor de las amigas al ver que Ninfa y Melquiades se miraron, le dice a Ninfa:

—Cuidado, Ninfa, Melquiades es un Mujeriego y nunca anda en serio con ninguna mujer.

Las jóvenes pasaron toda la tarde juntas conversando y jugando a los encantados, a la roña, a las escondidas y a la lotería. Pues como era un pueblo sin electricidad y alejado de la civilización; todavía no había llegado el radio, la televisión o el cine. Y después por la tarde cada quien se retiró a su casa.

Por el otro lado, los juegos de los hombres jóvenes y de los niños era la resortera, bañarse y nadar en los estanques de agua, jinetear los toros y los becerros, correr los caballos y juntarse por las noches en las calles para conversar.

Ya por la noche, Melquiades sonó la ventana del cuarto de Ninfa, Ninfa abrió, y dice:

—Sabía que eras tú.

—Sí, ya me moría de ganas de verte y de tenerte en mis brazos.

Le dice Melquiades mientras la acerca a él y le da un beso apasionado, Ninfa también corresponde a su beso apasionadamente, luego Melquiades dice:

—Déjame entrar a tu cuarto.

—¡¿Estás loco?!, si mis padres entran y nos encuentran, me matan.

—Entonces te ayudo a que salgas de tu cuarto y nos vamos a un lugar oscuro donde nadie nos vea.

—¿Y para qué quieres que vayamos a un lugar oscuro?

—Para tenerte bien pegadita a mi cuerpo y besarte apasionadamente.

—Quizá otro día, apenas nos estamos conociendo y no sé si tú en realidad, andas conmigo en serio —le dice Ninfa.

—Claro que sí ando contigo en serio, ¡me traes loco! —y diciendo esto la vuelve a empezar a besar apasionadamente.

Después de un rato, Ninfa siente su cuerpo al rojo vivo, retira a Melquiades de su lado, y dice:

—Ya te tienes que ir, porque si mi padre nos encuentra se va a molestar.

—Está bien, te invito a caminar mañana por la pradera.

—¿A qué hora?

—Al medio día.

—Está bien, y luego subimos la ladera, los árboles están llenos de flores de color rosa ahorita en las colinas, y voy a llevar una canasta con comida para que comamos allá bajo el árbol que tenga más flores.

Ninfa se juntó con Melquiades al principio de la pradera, Melquiades le quitó la canasta de la mano y empezaron a caminar adentrándose entre la hierba alta donde sobresalían los girasoles, amapolas, flores cosmos de color blanco, color rosa, morado y rojas, pisoteaban las flores silvestres que no crecían tan alto de color amarillo, blanco, rojo, morado y otros colores más. El sol era dulce, y las mariposas y las colmenas revoloteaban entre las flores, el aroma de las flores era seductor y la vista era un paraíso. Melquiades le tomó la mano y siguieron caminando entre la pradera, Ninfa se sentía más enamorada de Melquiades, y empezaba a entregarle su dulce y tierno corazón. Melquiades observaba el color del pelo largo de Ninfa que era del color de los rayos del sol, el color de su piel, que era del color de la miel como la miel que extraían las colmenas del néctar de las flores, sus ojos verdes del color de la hierba, y su cuerpo tierno, frágil y seductor como las flores de la pradera, sin duda alguna, ella era la flor silvestre más bella del valle. Ya más adentro de la pradera, Melquiades dice:

—Descansemos por un rato —Melquiades se acuesta en la hierba y le dice a Ninfa—: Recuesta tu cabeza aquí en mi pecho.

Ninfa recuesta su cabeza en el pecho de Melquiades y mira el maravilloso cielo azul adornado con nubes blancas, y dice:

—Hoy es un día hermoso.

—Tú eres quien hace hermoso este día con tu belleza —le dice Melquiades.

—No sé si creer en tus palabras —dice Ninfa.

—¿Por qué no? ¿Por qué te es difícil creer en mis palabras?

—Todo mundo dice que tú eres un mujeriego y que nunca andas en serio con una mujer.

—Es la fama nada más, no hagas caso de lo que dice la gente.

Y diciendo estas palabras, se voltea y empieza a besar a Ninfa, Ninfa al sentir los besos apasionados de Melquiades corresponde también besando a Melquiades con pasión. Y yacía Ninfa entre las flores hermosas de la pradera de todos colores saboreando los besos de Melquiades y sintiéndose a cada momento más enamorada de Melquiades. Sintió Ninfa la mano de Melquiades por debajo de su vestido acariciando sus bellas piernas y con voz temblorosa, dice Ninfa:

—Ya vámonos a la colina.

—Déjame hacerte el amor —le dice Melquiades mientras sigue acariciando las piernas de Ninfa.

Ninfa hace que Melquiades pare, y le dice:

—¡¿Estás loco?! Yo me voy a entregar sólo al hombre que vaya a ser mi esposo para toda la vida —Ninfa se pone de pie, agarra la canasta, y dice—: Vámonos, ya tengo hambre.

Y se dirigieron a la colina donde los árboles estaban llenos de flores de color rosa, Ninfa escogió el árbol más grande de la colina cuyas ramas eran grandes y colgaban hasta el suelo llenas de flores maravillosas de color rosa, y donde un par de calandrias cantaban sus bellos trinos. Sacó un mantel largo de color blanco, lo extendió, puso los alimentos en medio del mantel, y se sentaron a comer. De la colina se miraba todo el valle y el pueblo más abajo. Ninfa pretendía tener hambre, pero en realidad, no podía comer, pues las mariposas revoloteaban en su estomago por todos los sentimientos encontrados dentro de ella, se sentía feliz y enamorada de Melquiades. Terminaron de comer, se acostaron bajo las hermosas ramas de ese árbol, y Ninfa dice:

—Por la tarde, antes de que empiece el rosario, tengo que ir a practicar los cantos para la misa del domingo. ¡Ah!, y nos dijo el padre

Camilo que invitemos a los hombres a la iglesia, así que, te invito a que de aquí en adelante vayas conmigo a la iglesia.

Ninfa y Melquiades bajaron por la ladera de la colina, llegaron a la pradera plana y caminaron entre las hermosas flores de la pradera rumbo al pueblo, llegaron al final de la pradera y al despedirse, dice Melquiades:

—Hagámoslo de vuelta, de venir a caminar a la pradera.

—Mejor, la siguiente vez, caminemos por dentro de la barranca, ahorita lleva agua por el tiempo de las lluvias y está llena de flores de todos colores por todos lados —dice Ninfa.

—Me parece una excelente idea —dice Melquiades.

Y así Ninfa y Melquiades pasaron un día maravilloso entre las flores de la pradera.

Algunas esposas, madres y hermanas invitaron a los hombres a venir a la iglesia como el padre Camilo les pidió que los invitaran, y algunos hombres protestaron diciendo que al padre Camilo que le importaba si ellos iban a la iglesia o no. Pero en la misa del domingo ya se miraron más hombres en la iglesia.

Pasaron unas semanas, y después de la misa el padre Camilo les habló a los presentes diciendo:

—Hermanos, hermanas, en esta semana visité la escuela, y me doy cuenta que se necesitan pupitres nuevos, papel, lápices, una pintada y se gotea cuando llueve. Señor presidente y encargados del pueblo, me han comunicado que ya por tres años seguidos el pueblo ha dado su cota, su contribución, y en estos tres años no se ha hecho ninguna mejora al pueblo, entonces debe de haber dinero para arreglar la escuela y comprar todo lo que se necesite.

Tuvieron una reunión Aniceto el presidente —el cual era el padre de Melquiades— y los encargados del pueblo. Y el presidente dice:

—Este cura se está metiendo en terreno que no le corresponde. Su trabajo es dar misa y nada más.

Otro dice:

—Sí, Aniceto, y les anda metiendo ideas a las mujeres para que nos convenzan, para que nosotros también vayamos a la iglesia.

Otro dice:

—Lo que sí, ya nos comprometió. ¿Hay dinero para los arreglos de la escuela, Aniceto?

Melquiades pasa por la casa de Ninfa para ir a caminar dentro de la barranca como Ninfa quiere, y su madre ve bien que salga con

Melquiades, pues él es hijo del presidente y del hombre más rico del pueblo. Melquiades le quita la canasta a Ninfa y suben por otra ladera para llegar a la barranca que está al otro lado de la colina, no es muy profunda ya que la ha hecho el agua que baja de la montaña durante muchos años cada vez que llueve. Llegan a la barranca y buscan el mejor lugar para bajar y caminar por dentro de la barranca, el agua cristalina baja por la barranca por los riachuelos que nacen por doquier, Ninfa camina tocando las amapolas de color rojo, las flores cosmos de color rosa, morado, blancas y otras flores silvestres con la palma de sus manos mientras descienden la barranca, hay flores de todos colores por doquier, Ninfa encuentra un árbol en un lugar plano, y dice:

—Aquí, sentémonos —saca el mantel y lo tiende, se acuesta al lado de todas las flores silvestres de diferentes colores, pone atención y empieza a escuchar el canto de las aves y el ruido del agua del riachuelo grande que baja de la montaña. Melquiades se queda parado mirando a Ninfa acostada en el mantel y a todas las flores que la rodean, y Ninfa le pregunta:

—¿Qué me miras tanto?

—Eres una mujer muy hermosa, Ninfa.

A Ninfa le gustan los halagos de Melquiades cada vez que él se los dice, luego Melquiades se acuesta al lado de Ninfa y la empieza a besar ardientemente, el cuerpo de Ninfa arde por los besos y caricias de Melquiades, y Melquiades le dice:

—Déjame hacerte el amor, ya no puedo más, te deseo, me traes loco.

Ninfa lo retira de su lado, y dice:

—Yo me voy a entregar a mi esposo el día que me case —empieza a sacar las frutas y comida de la canasta, y dice cariñosamente—: Ten, te va a gustar lo que preparé hoy.

Melquiades toma un pan relleno del guisado que cocinó Ninfa y empieza a comer, y dice:

—Sí está muy bueno, eres una buena cocinera.

—Mi madre me enseñó a cocinar desde muy pequeña —le dice mientras le sirve un vaso de agua dulce de limón—. Ya ves, aquí en el pueblo no hay mucho que hacer para nosotras las mujeres que aprender a cocinar, a bordar, coser, planchar y lavar la ropa.

Ninfa miraba a Melquiades mientras comían, y ya estaba ella profundamente enamorada de Melquiades, y ella no lo podía creer que un hombre tan guapo y codiciado por todas las mujeres del pueblo la pretendiera y ella fuera novia de él. Luego Ninfa le pregunta:

—Melquiades, ¿entonces sí me vas a acompañar a la iglesia cada vez que yo vaya?

—No sé, Ninfa, mis amigos se pueden burlar de mí.

—Si tus amigos se burlan de ti, son unos idiotas.

—Bueno, ya veremos.

Y así, Ninfa pasó otra tarde maravillosa al lado de Melquiades, descendieron la barranca hasta donde se terminaba y empezaba la pradera plana con sus flores por doquier. Caminaron rumbo a la casa de Ninfa y al llegar Ninfa se despidió de Melquiades y entró a su casa, dejó la canasta en la mesa del comedor y se dirigió a su cuarto, se dejó caer en su cama recordando los besos y caricias de Melquiades y sintiéndose completamente enamorada de él.

Ninfa Caminaba hacia la iglesia esa tarde para ir a rezar el rosario, llevaba su velo color negro puesto en su cabeza, y su vestido hermoso medio sexy con los hombros al descubierto típico de cómo visten las mujeres del pueblo. Melquiades que se encontraba en la cantina la vio pasar, salió de la cantina, caminó a paso largo para alcanzarla, y cuando la alcanza, le pregunta:

—¿A dónde vas Ninfa?

—¡Ah!, Melquiades, voy al rosario, acompáñame.

—Tú siempre tan bonita —le dice Melquiades.

Ninfa no dice nada y sigue caminando con Melquiades al lado de él. Llegan a la iglesia, y Julieta que es la más mayor de edad de las amigas de Ninfa, ve que Ninfa llega acompañada de Melquiades. Melquiades se queda en la última banca y Ninfa se dirige al frente de la iglesia para unirse al grupo de personas que están por empezar a rezar el rosario. Julieta se levanta de la banca y se dirige hacia Melquiades, se acerca a él, se pone de rodillas, y pretende rezar, y le dice a Melquiades:

—Melquiades, Ninfa es una niña dulce e inocente, si le haces daño, te juro aquí ante Dios que lo pagarás muy caro.

Luego se retira del lado de Melquiades y se une al grupo de mujeres que ya rezan el rosario.

El siguiente día, Lucia ponía las flores en el altar, y el padre Camilo le dice:

—Buenos días, Lucia.

—Buenos días, padre Camilo —contesta Lucia sin darle la cara.

Al padre Camilo se le hizo extraño que no volteara a verlo, y pregunta:

—¿Pasa algo, Lucia?

—No padre Camilo —vuelve a contestar sin darle la cara al padre Camilo.

—Mírame, Lucia.

Lucia volteó el rostro hacia el padre Camilo, y el padre Camilo miró el rostro de Lucía golpeado, y le pregunta:

—¿Pues qué te pasó, mujer?

—Mi marido me golpeó.

—¡Cobarde!.., ¿y te golpea seguido?

—No, no padre.

—Voy a hablar con él.

—No padre, de nada serviría, y me va a meter en más problemas, mejor deje así, como están las cosas.

—Bien, Lucia, pero hazme un favor, ayúdame a correr la voz, de que quiero que todos los hombres vengan este domingo a la misa, que voy a dar un mensaje importante para ellos.

Y así, el padre Camilo hizo que se corriera la voz, que quería ese domingo en misa a todos los hombres.

Se llegó el domingo, y ya en el sermón, así hablaba el padre Camilo:

—Hermanos, este mensaje va especialmente para los hombres, por favor presten atención. Quiero recordarles y enseñarles que tan importante es la mujer en nuestras vidas, basándome en las santas escrituras: hermanos, cuando Dios quiso que su hijo viniera a este mundo, escogió a María para que naciera su hijo de ella, —y dice el padre Camilo en alta voz— ¡para que naciera de una mujer! Cuando ya creció Jesús; aquí está un ejemplo de que tan importante es la mujer y que poder ejerce ella sobre nosotros. En la boda de Caná de Galilea, se les acabó el vino a los novios, y María va y le dice a Jesús: —Hijo, se les acabó el vino a los novios. Jesús dijo: —Madre aún no ha llegado mi hora. ¡Sin embargo!, la madre les dijo a los que estaban presentes: haced lo que Él os diga. ¿Qué quiere decir esto, hermanos?, que María no le pidió a Jesús un milagro, ¡sino que se lo ordenó!, al rey de reyes, al hijo de Dios. Y los novios tuvieron vino para seguir festejando. Pueden ver que tan grande es la mujer. Otro ejemplo: Las santas escrituras dicen: Dejará el hombre a su padre y a su madre para seguir a su mujer. ¡Aquí Dios está poniendo a la mujer por encima del hombre! Dios no dijo: Dejará la mujer a su padre y a su madre para seguir a su hombre, ¡No!, Dios dijo: dejará el hombre a su padre y a su madre para seguir a su mujer, poniéndola por encima del hombre. Entonces, hermanos, debemos respetar y querer a la mujer, de no ofenderla, de no humillarla, de que ella tiene el mismo poder y derecho en el hogar, y sobre todo, de nunca ponerle una mano encima, de nunca golpearla, —y vuelve a decir en alta voz— ¡porque el hombre que golpea a una mujer; es un cobarde y poco hombre!

Algunos hombres salieron molestos de la misa y maldiciendo al padre Camilo porque les quedó el saco. El padre Camilo empezaba a tener enemigos.

Ninfa sube al caballo de Melquiades, y se adentran muy adentro del valle, Melquiades desmonta del caballo y luego ayuda a Ninfa a bajar, amarra el caballo de un árbol, desamarra una cobija que está amarrada en la silla de montar, observa alrededor de que no haiga ningún campesino cerca, tiende la cobija entre las flores de todos colores mientras Ninfa mira todo el valle lleno de flores, se acuesta Melquiades en la cobija, mira la belleza de Ninfa, esa belleza como si toda la belleza de las ninfas griegas se hubiera postrado en ella, y dice:

—Ven, acuéstate a mi lado.

Ninfa recuesta su cabeza en el pecho de Melquiades viendo el cielo azul con nubes blancas, y dice:

—Las nubes están blancas, no hay peligro de que llueva y nos agarre la lluvia.

Melquiades no dice nada, se posa encima de ella y la empieza a besar, al cabo de un rato, ya Ninfa arde de excitada sintiendo los besos ardientes de Melquiades en su boca y la mano de él recorriendo sus sexis piernas por debajo de su vestido, y Melquiades dice:

—¡Déjame hacerte el amor, Ninfa!

—No quiero, y no puedo —dice Ninfa.

—Déjame hacerte el amor y me caso contigo cuando quieras.

—¿De veras, Melquiades?, ¿si me entrego a ti; te casas conmigo?

—Sí, Ninfa, te prometo que me caso contigo.

—Júramelo que te casas conmigo.

—Te lo juro, Ninfa.

Y Ninfa sedeó y se dejó desvestir de Melquiades, y se entregó a él en cuerpo, alma y corazón entre las flores de la pradera. Y Ninfa se sintió completamente complacida y enamorada de Melquiades. Y allí Ninfa entre las flores de la pradera por testigo; le entregó su corazón y sus más puros y tiernos sentimientos a Melquiades. Por el otro lado, Melquiades también se sintió complacido, porque había obtenido lo que tanto deseaba por tanto tiempo, había obtenido una ninfa virgen. Melquiades tenía varias mujeres casadas amantes, porque la mayoría de los hombres emigraban al norte para trabajar y darles una vida mejor a sus familias, y abandonaban a sus jóvenes esposas por muchos meses o hasta por años. Así que, Melquiades tenía para escoger entre sus amantes cada vez que él quería estar con una mujer, pero nunca había tenido a una virgen, hasta que hizo a Ninfa de él. Ya por la tarde, Melquiades regresó a Ninfa a su casa, Ninfa entró a su cuarto, se tiró en su cama, y empezó a recordar todo sobre esa tarde maravillosa y cuan tan feliz iba a ser cuando ya se casara con Melquiades.

La siguiente noche, Melquiades sonó la ventana de Ninfa, Ninfa abrió, y Melquiades le dice:

—Ven, que te quiero enseñar algo.

Melquiades ayudó a Ninfa a salir por la ventana, y en la oscura noche se dirigieron a la finca donde por primera vez Melquiades había besado a Ninfa. Melquiades abrió una puerta grande rustica del patio, y dice:

—Pasa —Ninfa entró y vuelve a decir Melquiades dirigiéndose a un cuarto—: Compré esta finca, y esta finca va a ser nuestro nido de amor.

Abrió la puerta de un cuarto y estaba completamente amueblado, tomó a Ninfa en sus brazos y la llevó a la cama, y Ninfa se volvió a entregar a él en deseo, cuerpo, alma y corazón sintiéndose completamente enamorada de él.

Y así, pasó un par de meses, por las noches, Melquiades iba y le sonaba la ventana a Ninfa, y le ayudaba a salir por su ventana de su cuarto para estar con Melquiades en la finca que él había comprado. Y después de esas noches de deseo sexual, de amor, de pasión, de delirio y de satisfacción sexual; Melquiades regresaba a Ninfa a su casa en la oscuridad de la noche.

Pasó un par de semanas que Melquiades no buscó a Ninfa, pues se ocupaba también de sus otras amantes, Ninfa se moría de ganas de verlo, pues en esas dos semanas se dio cuenta que estaba embarazada de él, y ya se había llegado el tiempo de hacer los preparativos de su boda. Al ver que Melquiades no la buscaba, ella lo buscó. Cuando lo encontró, se echó a los brazos de él, y le dice:

—Ya nos tenemos que casar, mi amor, estoy embarazada de ti.

Melquiades la retira de su lado, y dice:

—¡¿Cómo qué estás embarazada de mí?!

—Sí, ¿no te da gusto, mi amor?

—¡Claro qué no, eso es un problema!

—¿Pues cuál problema?, tú me dijiste que si me entregaba a ti, tú te casabas conmigo.

—No, yo no recuerdo haberte dicho eso.

—Bueno, estoy embarazada de ti, y nos tenemos que casar.

—No, Ninfa, yo no me voy a casar contigo.

—Entonces, ¿qué vamos a hacer?

—Yo… nada, ese es tú problema. Ninfa, ya no me busques más.

—Melquiades, yo confié en ti, tú me dijiste que tú eras un hombre de palabra aquella tarde que me esperabas afuera de la iglesia la primera vez que te acercaste a mí.

—Te lo vuelvo a repetir, Ninfa, ya no me busques más —y diciendo estas palabras se retiró Melquiades del lado de Ninfa.

A Ninfa se le derrumbaron los castillos que había construido en su mente y en su corazón, y le entró un pavor inmenso al sentirse sola y embarazada. ¿Cómo les diría a sus padres que estaba embarazada? ¿Que iba a tener un hijo de Melquiades y que él no quería responder a su responsabilidad? Sintió que se le cerraron todas las puertas, y el terror la embargó por todo su ser, y sin darse cuenta rodaban sus lágrimas por su bello rostro. Pensó en el padre Camilo y se dirigió hacia la iglesia angustiada y con lágrimas en los ojos. Llegó a la iglesia y el padre Camilo al ver su rostro angustiado y con lágrimas, le pregunta:

—¿Qué te pasa, Ninfa?, que te veo tan angustiada y con lágrimas en los ojos.

—Padre Camilo, estoy desesperada…, padre Camilo, estoy embarazada de Melquiades y él no se quiere hacer responsable.

—Hija, ¿pero cómo pudiste hacer eso, de tener relaciones sexuales sin estar casada?

—Padre, yo me enamoré de Melquiades, y él me dijo que si yo me entregaba a él, él se casaba conmigo.

—¡Ay!, Ninfa, esto sí que es un gran problema, ¿quieres que hable con tus padres?

—No, padre, yo voy a hablar con ellos. Pero hágame el favor de usted hablar con Melquiades y su padre para ver si Melquiades cumple casarse conmigo, como él me lo prometió.

—Muy Bien, hija, tú ve y habla con tus padres mientras yo voy y hablo con Melquiades y su padre.

Llegó el padre Camilo a la casa de don Aniceto el presidente del pueblo. Tocó a la puerta y Aniceto abrió, y dice:

—Padre Camilo, pase, ¿qué lo trae por aquí?

—Vengo a hablar contigo y con tu hijo.

—Sí mire, aquí está Melquiades, usted dirá.

—El asunto que vengo a hablar es muy delicado.

—Hable, padre Camilo —dice Aniceto.

—Sucede que Melquiades le prometió a Ninfa que si ella se entregaba a él, él se casaba con Ninfa, y ahora que Ninfa está embaraza de Melquiades, él no quiere asumir a su responsabilidad.

—¿Y tú qué dices sobre esto, Melquiades? —le pregunta Aniceto a su hijo.

—Pues yo no me voy a casar con nadie, padre. Y yo nunca le dije a Ninfa que si ella se entregaba a mí yo me casaba con ella.

—Mire, padre Camilo, ya escuchó a mi hijo. Y si esa muchacha se entregó a mi hijo, es porque ella quiso. Todas las muchachas del pueblo quieren con mi hijo, y esa muchacha no fue la excepción. Lo que yo siempre les digo a los señores del pueblo: "Cuiden a sus gallinas porque mi gallo anda suelto".

Al padre Camilo le ardió la sangre por dentro al escuchar hablar así a don Aniceto, y dirigiéndose hacia Melquiades, le pregunta:

—¿Entonces no le vas a cumplir a Ninfa? ¿No te vas a ser responsable de ese hijo tuyo, Melquiades?

—No, padre Camilo.

—Eres un cobarde, poco hombre —dice el padre Camilo con severa voz.

—¡Óigame, usted no va a venir a ofendernos a nuestra propia casa! —dice Aniceto.

—¡Tú también Aniceto, eres un cobarde, poco hombre como tu hijo!

—¡Mira, cura renegado, no te rompo toda tu madre porque eres un cura, lárgate de mi casa! —dice Aniceto.

—Y, yo tampoco me ensuciaría las manos dándoles una golpiza a los dos, par de cobardes —y salió el padre Camilo de la casa de don Aniceto diciendo esas palabras.

Esa misma noche, don Aniceto reunió a los encargados del pueblo para empezar a hacer los trámites para sacar al padre Camilo de ese pueblo.

Por el otro lado, Ninfa llegó toda temblorosa a hablar con sus padres que se encontraban en el comedor, y dice:
—Padres, tengo que hablar con ustedes.
—Bien, te escuchamos —dice el padre.
—Melquiades me dijo que si yo me entregaba a él, él se casaba conmigo, y ahora que estoy embarazada de él, él no quiere asumir su responsabilidad.
El padre se puso de pie, y le da una bofetada que casi la manda al suelo, y enseguida también sintió la bofetada de su madre, y el padre le dice:
—Eres una cualquiera, has deshonrado esta casa, has manchado nuestro honor. Ya no eres mi hija, quiero que te largues de mi casa en este momento.
La madre aún más dura, dice:

—Ve a tu cuarto, toma lo que tengas que llevarte, y te vas hoy mismo, yo ya no soy tu madre tampoco.

Ninfa se sintió morir, y con lágrimas se dirigió a su cuarto a agarrar su ropa que se llevaría. Al cabo de unos minutos, la madre trae dos cajas y una cuerda, y le dice:

—Pon lo que te quepa en estas cajas, y tan pronto como hayas terminado, te largas.

Ninfa amarró las dos cajas con ropa y zapatos, salió de su casa y tomó el camino por donde pasaban los carros rumbo a la ciudad. Caminaba Ninfa a la vera del camino con sus ojos nublados por las lágrimas, y en su alma sentía el dolor y la desolación más terrible que puede sentir una joven en plena flor de su juventud, esa muchacha bella, dulce, tierna de corazón y de espíritu puro, caminaba con la soledad más terrible que puede sentir un ser humano, esa niña que tan sólo hacia unas horas, tenía su juventud en sus manos, a sus amigas, al amor de su vida y a sus padres; ahora no tenía nada y caminaba sola en el mundo. Caminaba ya sin fuerzas cuando paró un auto al lado de ella, y el caballero le dice:

—Sube, yo te llevo a donde tú vayas.

Ninfa subió al auto y el auto se perdió a lo lejos dejando atrás las flores de la pradera.

Por el camino el caballero le pregunta:

—¿A dónde vas?

—No sé señor, mis padres me corrieron de mi casa, y no sé a dónde voy.

—Bien, yo te llevaré conmigo, y yo te voy a tratar como a una reina —le dijo el caballero viendo la belleza de Ninfa.

Pasaron algunos días, y el padre Camilo no vio más a Ninfa en la iglesia, y un día a la salida de la misa, les pregunta a sus padres:

—Doña Cristina, hace días que no veo a Ninfa. ¿Cómo está ella?

—Está bien, padre Camilo.

—¿Y por qué no ha venido a la iglesia?

—¡Ah!, padre, es que la mandamos a la ciudad con un familiar.

—¿Por eso del embarazo?

—Sí, padre.

—Muy bien pensado, allá en la ciudad va a estar mejor y va a ser mejor atendida en su embarazo por un médico que aquí.

—Sí, padre Camilo, que pase buenas tardes.

—Buenas tardes, doña Cristina, buenas tardes, don Florencio.

Y se retiraron los padres de Ninfa sin decir nada más.

Por el otro lado, ya los encargados del pueblo habían colectado firmas para llevarlas al obispo para que les mandaran otro cura, porque al padre Camilo ya no lo querían en ese pueblo. A los pocos días, después de que las autoridades eclesiásticas recibieron el pedido del pueblo; llegó una autoridad de la iglesia con un padre anciano, y le dice al padre Camilo:

—Buenas tardes, padre Camilo.

—Buenas tardes, su señoría. Buenas tardes padre —le dice también el padre Camilo al padre anciano—. ¿Qué los trae por aquí, su señoría?

—Padre Camilo, el padre Juan es su remplazo, a usted lo necesitamos en la catedral de la ciudad, hay mucho trabajo y necesitamos ayuda de un padre joven. Haga su equipaje porque ha sido transferido a la catedral de la ciudad.

El siguiente día, salió el padre Camilo acompañado de su superior rumbo a la ciudad. Y así, el padre Camilo, dejó ese pueblo rodeado por las montañas, las colinas, las laderas, los riachuelos de agua por doquier y las flores de la pradera.

Ninfa fue llevada a una casa grande donde vivía solo el hombre que la encontró en el camino. Poseía a Ninfa cada vez que él quería, especialmente cada vez que se emborrachaba, hasta que un día llegó borracho, y le dice a Ninfa:

—Ya no te quiero aquí, ya estás gorda, agarra tus cosas y vete.

Ninfa recorría las calles con sus cajas de sus pertenencias buscando trabajo. En las noches se acercaba a dormir con los que dormían en la calle. Al amanecer recorría las calles de vuelta buscando trabajo, pero la miraban embarazada y pordiosera y no les causaba confianza a las personas donde ella solicitaba trabajo. Sin embargo, se miraba la belleza de ella y no faltaba algún hombre que se acercara a ella a solicitar un favor sexual. Conoció amigos y amigas en la calle, y la llevaron a un barrio donde había edificios abandonados y donde pasaban las noches protegidos del frío. Conoció a doña Alma, a don Gregorio, a Pánfilo, a Raúl y a muchos más. Y todos le brindaban un poco de lo que ellos conseguían, diciéndole: —Toma, come, para el bebé.

Capítulo 2

PALOMA

Se llegó el día de dar a luz, y Ninfa le dice a doña Alma:

—Doña Alma, creo que ya voy a tener a mi hijo. ¿Qué hago?

Doña alma llamó a los que estaban cerca, diciendo:

—Rápido traigan cartón y periódicos y hagan una cama con ellos, que el bebé de Ninfa ya viene en camino, también alguien haga una hoguera, para cuando venga el bebé no esté frío. Se empezaron a juntar los pordioseros al escuchar los gritos y quejidos de Ninfa por el dolor de dar a luz. Nació una niña del color de su madre, y doña Alma la colocó en los brazos de su madre diciéndole:

—Es una niña hermosa, como tú. ¿Cómo le vas a llamar?

—Paloma, porque quiero que vuele a donde ella quiera volar.

Y así, nació Paloma, su piel del color de la miel, su pelo del color de los rayos del sol y sus ojos verdes como los ojos de su madre.

Pasaron los años, y todos los amigos de Ninfa y de Paloma compartían lo que conseguían de comer con Ninfa y Paloma.

Paloma tenía siete años de edad, y ayudaba a su madre a recoger periódicos, latas de aluminio y de plástico para venderlos y sobrevivir. Pasaban por la iglesia y al escuchar la voz del padre que daba un sermón, Ninfa le dice a Paloma:

—Escucha Paloma, esa voz la conozco, es el padre Camilo, él me conoce y yo lo conozco a él.

Y así, hablaba el padre Camilo.

"Empiezas a crecer cuando ya no te importa que piensen de ti los demás, cuando ya no te importa si los demás se fijan en ti o no, cuando ya no te importa quedar bien con los demás, cuando aprendes que con el único que tienes que quedar bien es contigo mismo y con Dios. Cuando ya no te importa presumir lo que tienes, cuando te pones bonita sólo para ti, porque quieres estar bonita para ti misma. Empiezas a crecer cuando empiezas a quererte a ti misma y a aceptarte tal como tú eres. Empiezas a crecer cuando te das cuenta que los tesoros más grandes en la vida son la vida misma, la salud, la libertad y la familia. Empiezas a crecer cuando dejas de buscar los tesoros materiales y empiezas a buscar los tesoros espirituales de tu alma y de tu corazón. Empiezas a crecer cuando empiezas a ser tú misma, cuando te das por amor sin esperar nada a cambio. Empiezas a crecer cuando empiezas a amarte a ti misma y a Dios".

—Vamos, Paloma a que lo conozcas.

Ninfa y Paloma trataron de entrar a la iglesia, pero la gente las miró con desprecio por la ropa vieja que vestían y no les abrieron paso. Luego Ninfa dice:

—Hay mucha gente, Paloma, va a hacer difícil verlo. Escúchame Paloma, no te olvides que en esta iglesia está el padre Camilo por si algún día lo necesitamos.

—No me olvidaré, mamá —dijo Paloma.

Ninfa y Paloma agarraron sus bolsas de latas y siguieron su camino rumbo a la vivienda abandonada donde ellas dormían.

El siguiente día, Ninfa y Paloma recogían las latas de aluminio en un parque de la ciudad, se sentaron a descansar y Paloma viendo las palomas blancas volar y acercarse a un anciano que les daba migajas de pan, le pregunta a su mamá:

—Mamá, ¿por qué me pusiste por nombre Paloma como un ave?

—Porque tu alma es blanca como el color de las palomas, y porque quise que tú tuvieras alas para que tú vueles a donde tú quieras volar.

—Pero yo no tengo alas como las palomas, mamá.

—Sí, mi hija, tú tienes alas, pero no las puedes ver, tienes las alas de tu espíritu libre, de tu imaginación, de tus sueños y de tu esperanza. Cuando quieras volar, nomás abre tus alas, y vuela.

Paloma se pone de pie, levanta sus brazos, y le pregunta a su madre:

—¿A dónde quieres que vuele, mamá?

—Vuela por las montañas, las colinas, las laderas y las praderas que ahorita están llenas de flores. ¿Las ves?

—Sí, mami.

—¿De qué color son las flores que ves?

—Veo flores rojas, blancas, azules, verdes, moradas y de muchos colores más.

—Mira, y allí a un lado de las praderas está mi pueblo donde yo vivía, ¿lo ves?

—Sí, mamá, es un pueblo muy bonito.

—Cuando quieras volar, mi hija, vuela, nunca dejes de volar.

Pasaron unos meses, y Ninfa enfermó, y le dice a Paloma:

—Paloma, ve busca a doña Alma, dile que me encuentro enferma y que necesito que venga.

Paloma llegó con doña Alma al cuarto abandonado donde yacía enferma su madre, y Ninfa le dice a doña Alma:

—Doña Alma, le encargo a mi hija mientras me alivio de esta gripa, como ve, me tiene aquí tirada en esta cama con fiebre, tos y congestionada.

—Sí, Ninfa, no te preocupes. Tú Paloma quédate aquí con tu mamá, voy a prepararle un caldo para que coma.

Al rato, volvió doña Alma con un agua con sabor a pollo, le sirve a Ninfa y a Paloma, y Paloma dice:

—Sí sabe a gallina, aunque no veo la carne.

—Le puse un cuadrito de consume de pollo, Paloma, por eso sabe a pollo —dijo doña Alma.

Ninfa sintiéndose triste por lo que se sentía enferma, se dijo a sí misma: —Mi hija pasa hambre, tan pronto como me alivie, volveré a buscar trabajo, y no descansaré hasta que tenga un empleo.

Pasaron dos semanas, y Ninfa se recuperó de su enfermedad, y caminaba por las calles de la ciudad buscando trabajo, pero de lejos se miraba que ella y su hija eran unas pordioseras, y la gente las miraba con desconfianza y desprecio, y nadie le quería dar trabajo. Pero por su belleza se le acercaban los hombres solicitando favores sexuales, y Ninfa empezó a hacer esos favores sexuales para que su hija tuviera mejor ropa y comida al llene. Y así, pasaron los meses, y Ninfa quedó embarazada quien sabe de quién, y por las noches lloraba amargamente en la miseria de ese cuarto donde ella y Paloma vivían por estar embarazada y por la situación ante la cual ella se encontraba. Ya para entonces estaba sola, ya no sabía dónde estaba doña Alma y sus amigos.

Se llegó el día en que Ninfa empezó a sentir los dolores del parto, y le dice a Paloma:

—Paloma, creo que ya va a nacer tu hermano. Ve a la iglesia, pregunta por el padre Camilo, y lo traes aquí.

Paloma llegó a la iglesia, entró y vio a un sacerdote, y le pregunta:

—¿Eres tú, el padre Camilo?

—Sí, mi niña, yo soy el padre Camilo. ¿En qué te puedo ayudar?

—Mi mamá se siente enferma y te necesita.

—¿Y dónde está tu mamá?

—Yo te voy a llevar con ella.

—¿Cómo te llamas?

—Paloma, padre.

—Bien, Paloma, déjame agarrar mis cosas, y luego nos vamos.

La tierna y frágil de Paloma conducía al padre Camilo por un barrio deteriorado donde abundaba la miseria humana, de seres que ya habían perdido la esperanza y la alegría de vivir, de seres drogadictos, prostitución y vandalismo, de seres que ya se habían resignado a su muerte miserable de cada día. Caminaron unas cuadras y llegó Paloma de su manita tomada de la mano del padre Camilo. El padre Camilo se horrorizó al ver semejante cuadro, el lecho estaba lleno de sangre, un bebé que acababa de nacer llorando, una madre entre la vida y la muerte, echó un vistazo al torno suyo y vio la miseria de ese cuarto. Soltó la manita de Paloma, buscó un objeto filoso para cortar la placenta que conectaba al bebé, se puso de rodillas, cortó la placenta y amarró el ombligo, y Ninfa dice:

—Padre, Camilo.

El padre Camilo se estremeció al escuchar su nombre en los labios de esa mujer moribunda mientras envolvía al bebé en unas garras, y dice:

—¿Cómo sabes mi nombre, hija?

—Padre, soy Ninfa, acuérdese, yo cantaba en el coro de la iglesia en aquel remoto pueblo, localizado entre en medio de las montañas.

El padre Camilo no pudo parar su llanto y sus lágrimas, y empezó a llorar como un niño llora, y dice:

—Como no me voy a acordar de ti, Ninfa. Si nunca más te vi, nunca más supe de ti…, tus padres me dijeron que te habían enviado a la ciudad con un familiar para que tuvieras a tu hijo en la ciudad. ¿Cómo caíste en esta miseria?

Ninfa contesta mientras acomoda la boquita de su bebé en su pecho marchito.

—Cuando les conté a mis padres, que estaba embarazada, me dijeron que yo ya no era hija de ellos, y me echaron de su casa como a un perro.

—Voy a salir, Ninfa, a buscar ayuda.

—¡No!, padre Camilo. Ya no hay tiempo, si sales, ya no me encontrarás con vida cuando regreses, ya siento la muerte rondándome alrededor de mi lecho. Y yo necesito hablar contigo y que me escuches —la pequeña Paloma miraba y escuchaba a su madre sintiendo miedo por dentro y con lágrimas en los ojos—. Padre, cuando mis padres me corrieron de su lado, yo caminaba por la carretera, y un hombre se ofreció a ayudarme y me trajo a esta ciudad. Me dejó vivir en su casa y me poseía cuando él quería, pero después que mi cuerpo cambió por el embarazo, también me echó de su lado, Paloma nació en la miseria y la podredumbre como acaba de nacer este otro hijo. Y yo tuve que prostituirme para darle de comer a Paloma, porque nadie me daba trabajo y nos miraban con desconfianza y desprecio a Paloma y a mí. Padre, soy una pecadora, soy una mujer mala, soy una prostituta.

Rodaron las lágrimas por las mejillas del padre Camilo, y dice:

—¡Oh!, no, Ninfa, tú no eres una pecadora, tú no eres una mala mujer ni prostituta, la prostituta es el hombre malvado que por su cobardía te arrojó a esta vida de pobreza, podredumbre, miseria y pecado, la prostituta es el hombre malvado que oprime y explota al más débil, la prostituta es el hombre que por su poder y por su dinero hace daño a los demás, la prostituta son los miembros de un gobierno de un país que se enriquecen sin importarles la necesidad del pueblo y la necesidad de la gente, la prostituta es el gobierno de cada país del mundo que sabe que su gente muere de hambre, sed, frío y enfermedad por la pobreza y no hace nada para ayudarlos, la prostituta es la religión y la iglesia que almacena en su tesoro, millones de dólares, pesos, euros, libra, o cualquiera que sea su moneda nacional, mientras diariamente por la pobreza mueren personas de hambre, sed, frío y enfermedad en todo el mundo. ¡Oh!, Ninfa, tú no eres el pecado, tú no eres el pecador, el pecado es el hombre cruel y cobarde que en vez de ayudarte ha usado tu cuerpo para satisfacer sus más ruines deseos de animal y de lujuria.

Ninfa dejó de parpadear mientras escuchaba al padre Camilo, y el padre Camilo le pregunta:

—¿Todavía estás aquí, hija? Ninfa parpadeó, y dice:

—Padre Camilo, me transformaste hasta el pasado de cuando iba con todas mis amigas a la iglesia a escuchar tus sermones y a apreciar tu belleza de tu rostro, Padre, creo que ya llegó mi momento de mi partida, porque también me vi caminando entre las flores de la pradera, y las vi más lindas que nunca, de los colores más bellos que nunca vi. Padre Camilo, en tus manos encomiendo a mis hijos. ¡Padre, cuando bautices a mi hijo, quiero que se llame Camilo, como tú!

El padre Camilo mientras le rodaban las lágrimas por sus mejillas, le dice:

—Te juro, Ninfa, que tus hijos crecerán en la abundancia, pero sobre todo, en la abundancia del conocimiento de Dios y de las escrituras.

En el nombre del Padre, del Hijo y del Espíritu Santo, yo te absuelvo de todos tus pecados, ve hija a la casa de nuestro Señor, que

Él te espera con los brazos abiertos, porque tú ya has purificado tu bella alma con el sufrimiento.

Ninfa dejó de suspirar con la mirada fija en el Padre Camilo. Él cerró los ojos de Ninfa mientras la bella Paloma agarraba la mano de su madre queriendo sentir un aliento de vida, y diciendo con sus ojitos llenos de lágrimas:

—¡Mamita!, ¿por qué me has abandonado?

—Ya se ha ido al cielo, Paloma, ahora desde el cielo te cuidará a ti y a tu hermanito, no tengas miedo, ahora me tienes a mí, yo seré un padre para ti y para tu hermanito.

Y salió el padre Camilo de ese cuarto con un bebé en los brazos y Paloma caminando al lado de él.

A los tres días, enterraron a Ninfa con un letrero en su bóveda que decía:

"Aquí descansa Ninfa que con el sufrimiento purificó su alma".

Después de que Ninfa murió, Paloma y Camilo tuvieron una hermosa niñez, nunca les faltó pan, abrigo y el amor del padre Camilo que los quería como si ellos fueran sus hijos. Vivían en la vivienda de la catedral y Paloma y su hermano Camilo eran muy queridos por los sacerdotes que vivían allí.

Pasaron veinticinco años, y la doctora Paloma, le tomaba la presión al Padre Camilo, y lo regaña diciéndole:

—Te he dicho que tienes que dejar de comer tanta sal, tu presión sigue alta.

—No me gustan los alimentos sin sal, Paloma. Y ya estoy viejo, ya que me cuido. Con que Dios me dé unos días más de vida para asistir a la misa donde va a ser ungido tu hermano como sacerdote.

Se llegó el día en que el joven Camilo fue ungido como sacerdote por el Cardenal de la iglesia católica. Y el padre Camilo y Paloma se sentían muy orgullosos del joven padre Camilo.

A los pocos días, le comunicaron al padre Camilo que el joven padre Camilo sería enviado a aquel pueblo donde él estuvo una vez cuando era joven, a ese pueblo rodeado por las montañas, colinas, laderas y flores de la pradera.

Ya para entonces, el pueblo había crecido mucho más, ya habían agrandado la iglesia, ya había llegado la electricidad, el radio, la televisión y el cine, y era un pueblo con muchos habitantes.

Llegó el padre Camilo al pueblo, y todas las mujeres jóvenes y maduras comentaban entre ellas: "Que padre tan bello y varonil", y otras se decían: "Lastima que sea un cura". Y las mujeres mayores también comentaban: "Y es tan bello como aquel padre joven que una vez estuvo aquí en esta iglesia, y también se llama Camilo, como aquel sacerdote".

Y es que el padre Camilo, así como su hermana, habían heredado la belleza de su madre, esa belleza que se había postrado en Ninfa de todas las ninfas griegas.

Pasaron dos semanas, y el padre Camilo oficiaba las misas y rosarios, y conocía cada día a la gente del pueblo. Doña Cristina miraba los ojos verdes del padre Camilo y le recordaban a su hija Ninfa.

Confesaba el padre Camilo un día, se acercó doña Cristina, al confesionario, y dice:

—Padre Camilo, me quiero confesar.

—El Señor esté en tu corazón para que te puedas arrepentir y confesar humildemente tus pecados. Dime, tus pecados, hija.

—Padre, yo tenía una hija, la cual me salió embarazada, y la abofeteé y la corrí de mi lado diciéndole que ella ya no era mi hija, y nunca más supe de ella, y me arrepiento de lo que hice, de haberle dado la espalda cuando más me necesitaba.

—¿Cómo se llamaba tu hija?

—Ninfa, padre Camilo.

Las lágrimas rodaron por el rostro del padre Camilo, porque se dio cuenta que su abuela hablaba de su madre, pues él sabía toda la historia de su madre, pero lo que no sabía que su madre hubiera sido de este pueblo.

—Yo te absuelvo de tus pecados en el nombre del Padre, del Hijo y del Espíritu Santo. Ve, mujer, arrepiéntete de tus pecados y no peques más, de penitencia reza cinco padres nuestros.

Pasaron unos días, y llegó la hermana del padre Camilo a visitarlo, y dice:

—Camilo, que pueblo tan hermoso, todo el valle lleno de flores, las colinas y las montañas verdes y todos los estanques llenos de agua.

—Sí, hermana, es muy hermoso. Y si tú quisieras podrías ofrecer tus servicios médicos en este pueblo los fines de semana. Hay mucha gente que se beneficiaría de tus servicios.

—Lo voy a pensar, hermano.

La siguiente mañana, Paloma le dice al padre Camilo:

—Camilo, me acompañas a caminar, quiero conocer el pueblo.

—Más tarde cuando termine con mis obligaciones, con mucho gusto te acompaño.

—Bien, entonces, mientras tú terminas con tus obligaciones voy a caminar por la pradera que está llena de hermosas flores.

—Ve, Paloma y empieza a disfrutar este bonito día.

Paloma sale de la vivienda de la iglesia y se dirige hacia la pradera, y mientras camina por la calle, los hombres se le quedan viendo admirando su belleza, llega a la pradera y se empieza a adentrar entre las flores de todos colores, amapolas rojas, flores cosmos de color rosa, lilac y blanco, pisotea el prado lleno de flores amarillas, rojas, blancas, moradas y otros colores más, alza sus brazos para empezar a volar, cierra sus ojos y empieza a volar por las montañas y todo el valle, respira el aroma dulce de las flores, siente los cálidos rayos del sol en su rostro, baja los brazos, abre los ojos y empieza a observar las diferentes flores silvestres de la pradera como: Dalias silvestres, flores iris, orquídeas, margaritas, amapolas y flores cosmos. Vuelve a cerrar sus ojos para respirar el aire fresco y el aroma de las flores, entonces es interrumpida al escuchar a un caballero hablarle montado en su caballo:

—¡Tu belleza ha regresado a estas tierras! ¿Quién eres? ¿Acaso eres un fantasma que viene del más allá? ¿Qué viene a castigarme y a torturarme?

Y terminando de decir estas palabras, el caballero sigue su camino.

—Pobre hombre, se ve que no está bien de su juicio mental —se dice Paloma en su adentro y sigue caminando hacia la colina, llega a la cima de la colina, se sienta bajo un hermoso árbol lleno de flores de color rosa mirando todo el valle y al pueblo abajo. Después de un rato, ve a un hombre acercarse a ella que camina jalando su caballo cargado con matas de maíz y con sus mazorcas pegadas a las matas. Paloma se pone de pie al ver al hombre acercarse, y entre más se acerca él, ella mira que es un hombre joven, alto y varonil. Llega el hombre hacia ella, y dice:

—Buenos días, señorita.

—Buenos días, señor —contesta Paloma y ve el rostro dulce y sincero del joven, su mirada tierna y una sonrisa que lo hace verse bello.

—Nunca la había visto, usted no es del pueblo, ¿verdad?

—No, soy hermana del padre Camilo.

De pronto, se da cuenta Paloma que su corazón palpita fuerte al estar hablando con ese hombre joven. Y se pregunta en su adentro: —¿Por qué palpita mi corazón aprisa?— Paloma era una mujer muy bella, había heredado la belleza de su madre, y por supuesto que nunca le faltaron los pretendientes, hasta los profesores del colegio de medicina trataron de conquistarla cuando ella era un estudiante de medicina. Y nunca había palpitado así su corazón al estar hablando con un hombre.

—¡Ah!, ya veo, por supuesto, que eres hermana del padre Camilo.

—No te entiendo —dice Paloma.

—Mi madre, mis hermanas, y todas las mujeres del pueblo dicen que el padre Camilo es muy bello, que lastima que sea cura. Y tú no eres la excepción, tú eres veinte veces más bella que el padre Camilo.

Paloma se echa a reír, y le dice:

—No seas tan exagerado, pero me ha gustado lo que me acabas de decir. ¿Cómo te llamas?

—Me llamo, Gabriel, señorita.

—Yo me llamo, Paloma.

—Mucho gusto en conocerte, Paloma.

—Entonces, ¿tú eres de este pueblo?

—Sí, señorita, aquí nací, aquí crecí, y nunca he salido del pueblo.

—No me llames señorita, llámame Paloma.

—Está bien, Paloma.

—¿Y a qué te dedicas en este pueblo?

—Soy campesino, siembro mis tierras, y tengo unos animales como: mi caballo, un burro, unas vacas, becerros, un chivo, y por supuesto, unas gallinas.

—¡Unas gallinas! —exclama Paloma riéndose.

—Claro que sí, Paloma, las gallinas no deben de faltar en una casa, por los huevos, por las mañanas, mi madre me hace unos huevos rancheros con su salsa roja picante para chuparse los dedos, unos uchepos con los elotes de maíz que llevo cargado mi caballo, con queso y mis vasos de leche de mis vacas, hasta me chupo los dedos, gracias a Dios, tenemos en abundancia.

—Pues ya me abriste el apetito con tus huevos rancheros, con tus uchepos, tu queso y tus vasos de leche, ¡ah!, con tu salsa picante, a ver si un día me invitas a desayunar antes de que me regrese a la ciudad.

—Estás hablando en serio Paloma, ¿tú aceptarías venir a comer a mi casa? Mira que mi familia y mi casa es muy humilde, y de lejos se ve que tú eres una mujer de posición y preparada.

—Claro que sí voy a comer a tu casa, si tú me invitas.

—Bien, Paloma, mañana voy a pasar por ti a la iglesia para que desayunes en mi casa. Estoy seguro que mis hermanas y mi madre se van a esmerar en preparar todo al saber que vamos a tener una invitada tan importante como tú.

—¿De qué hablas, Gabriel?; yo no soy una persona importante.

—Claro que sí, Paloma, eres la hermana del padre Camilo. Bueno, Paloma, voy a seguir mi camino, ¿te quedas o bajamos juntos al pueblo?

—Sí, yo bajo junto contigo, Gabriel.

Y bajaba Paloma caminando al lado de Gabriel y Gabriel jalando su caballo, y Gabriel mirando la hermosura de Paloma, su pelo largo que brillaba como el oro por los rayos del sol, el color de su piel como la miel de colmena, sus ojos verdes del color de las colinas y las montañas, se dijo en su adentro: —De todas las flores de la pradera; Paloma es la flor más bella. ¿Podría yo aspirar a obtener la flor más bella de la pradera? ¿Se fijaría esta hermosa mujer en mí? No, yo soy pobre y no pudiera darle todo lo que ella se merece. Ella es una mujer hermosa para ser tratada como una reina, y yo no soy un rey.

No era Gabriel el que hablaba sino el amor mismo, porque sólo el amor puro piensa de la forma que estaba pensando Gabriel.

Por el otro lado, Paloma se sentía como si ya conociera a Gabriel de tiempo. Pues le inspiraba confianza, y es que podía trascender viendo que en Gabriel estaba la humildad, la dignidad del valle, de las colinas y de las montañas, su mirada dulce y sincera, la pureza del trabajo y la honra de quien era él, y aparte de eso, también era un hombre muy guapo y varonil.

Luego vuelve a decir Paloma:

—Gabriel, tu pueblo es muy lindo, me gusta mucho. ¡Cuántas flores por doquier!

—Siempre en el tiempo de las lluvias nacen cientos de miles de flores en todo el valle. Sabes, cuando yo era niño, siempre venía con mis amigos a cortar las flores más bellas de las praderas y de las colinas, y se las llevábamos al altar de la virgen María.

—¿Y ya no lo haces?

—No, dejé de ser niño, y uno va cambiando.

—¡Qué triste!, que uno deja de hacer aquellas cosas lindas que uno hacía de niño —dice Paloma. Hubo un silencio por un momento, luego viene a su mente el caballero que vio hacía un par de horas, y dice—: Sabes, Gabriel, cuando caminaba por la pradera, me encontré a un hombre extraño, me dijo que si yo era un fantasma y que si venía a castigarlo y a torturarlo.

—¡Ah!, es Melquiades, dicen que un día lo golpearon varios hombres y que lo dejaron por muerto en el monte, pero se recuperó y no quedó bien de la cabeza.

Jacinto desde la cantina miraba que Gabriel venía acompañado de una mujer, ya cerca de la cantina que estaba en la calzada principal del pueblo se separaron Gabriel y Paloma, Paloma fue al este y Gabriel al oeste. Paloma pasa por el lado de la cantina y Jacinto ve que es una mujer hermosa, enseguida va tras ella, y le dice:

—Buenas tardes, señorita.

—Buenas tardes, señor —contestó Paloma volteando el rostro y viendo a Jacinto con sus botas nuevas, un cinturón vaquero plateado, y la mitad de su camisa vaquera desabrochada enseñando los bellos negros de su pecho. Se miraba que era un hombre de dinero.

—Me llamo, Jacinto.

—Yo soy Paloma, señor —dice Paloma mientras sigue caminando.

—Nunca la había visto por aquí.

—No soy de aquí, señor, estoy de vacaciones con mi hermano el padre Camilo.

—¡Ah!, pues mucho gusto en conocerte, Paloma —le dice Jacinto mientras camina al lado de Paloma haciéndole conversación—. ¿Te han dicho alguna vez que eres una mujer muy hermosa, Paloma?

Paloma nomás sonríe y no dice nada. Y Jacinto vuelve a decir:

—Paloma, me gustaría conocerte.

—No puedo señor, estoy por sólo unos días aquí con mi hermano, y luego me regreso a la ciudad.

—Pues por los días que estés aquí en el pueblo, y luego yo te puedo visitar a la ciudad, si tu quieres.

—Me siento alagada, señor, por...

—No me llames señor, llámame Jacinto.

—Me siento alagada, Jacinto, por tu interés, muchas gracias, pero no estoy interesada.

—Bueno, Paloma, no quiero ser inoportuno, te dejo para que sigas tu camino sola. Ha sido un placer el haberte conocido y saber que te llamas Paloma.

Paloma llegó a la vivienda de la iglesia, y le dice al padre Camilo.

—Tengo que contarte un montón de cosas, Camilo.

—Te estuve esperando, para ir a caminar, y conocer el pueblo como tú querías.

—Discúlpame, Camilo, no pensé que se me fuera a ir el tiempo tan rápido.

—No, no te preocupes, eso quiere decir que tuviste buen tiempo, y me alegro por ti, pero ¡cuéntame todo el montón de cosas que tienes que contarme!

—Bueno, en primer lugar, caminaba yo entre las flores de la pradera, disfrutando de la belleza de las flores, del sol, y mirando todo el valle, sus colinas y montañas, serré mis ojos y extendí mis manos para sentir los rayos del sol en mi rostro, y de repente apareció un hombre en su caballo y exactamente esto dijo:

—Tu belleza ha regresado a estas tierras. ¿Quién eres? ¿Acaso eres un fantasma que viene del más allá? ¿Qué viene a castigarme y a torturarme?

El padre Camilo se quedó pensativo por un momento, y luego pregunta:

—¿Y qué más?

—Fue todo lo que dijo y luego se retiró. Luego subí a la colina, me senté junto a un árbol hermoso de flores color rosa, y empecé a ver lo hermoso que se miraba el pueblo y todo el valle lleno de flores silvestres. Al rato, vi a un hombre que se acercaba hacia donde yo estaba jalando su caballo, ¡conversamos y se llama Gabriel! ¡Qué bonito nombre! ¿No te parece?

El padre Camilo miró a los bellos ojos verdes de Paloma, y vio un brillo especial que nunca había visto. Luego Paloma prosiguió:

—¡Ah!, y me invitó a comer a su casa. Mañana va a venir por mí para llevarme a su casa. ¡Ah!, y algo más, cuando venía hacia la iglesia se me acercó un tal Jacinto muy interesado en mí.

—Mira, hermana, que tuviste un buen día hoy y de emociones.

—Sí, Camilo, fue un bonito día.

Gabriel llegó a su casa, y dice:

—Ya llegué madre.

—Muy bien, hijo, lávate las manos para que vengas a comer.

La madre le sirvió un plato de comida, y mientras Gabriel comía, le dice a su madre:

—Fíjate, mamá, que hoy conocí a la hermana del padre Camilo que vino de la ciudad a visitarlo. Y entre la conversación le dije que tú preparabas unos huevos rancheros y unos uchepos para chuparse los dedos, y me preguntó si la invitaba a comer un día de estos para probar tus huevos rancheros y tus uchepos. ¿Y qué crees?..., la invité para que venga mañana a comer.

—¡Ay!, hijo, no sé, me imagino que ella es una persona refinada, y nuestra casa es humilde.

—Sí, madre, se ve que ella es una persona muy refinada y muy educada, pero también se ve que es una buena mujer. Yo ya le advertí, que nuestra casa es una casa humilde y nosotros también.

—Bien, hijo, para mí va a ser un gusto que coma aquí la hermana del padre Camilo. ¿Y por qué no invitas de una vez al padre Camilo?

—Sí, madre, buena idea, mañana cuando vaya a recoger a Paloma: —así, se llama la hermana del padre Camilo—. Allí invito al padre Camilo también.

Dalia la hermana mayor de Gabriel que escuchaba la conversación de su madre con Gabriel mientras revisaba una olla que estaba en el fuego de un horno de piedra, dice:

—Sí, invita al padre Camilo, ¡tan chulo!

—No te olvides hija, que él es un sacerdote —le dice la madre.

—Sí, lástima que sea un cura —dice Dalia.

Rebeca y Dalila que eran las hermanas más jóvenes se dedicaban ya a quitar las hojas de las mazorcas para preparar los uchepos.

El siguiente día, Gabriel se puso sus botas, su cinturón y su camisa vaquero, y al salir de su casa, le pregunta doña Petra su vecina:

—¿Pues a dónde vas tan guapo, Gabriel, si hoy no es domingo?

—Voy por la hermana del padre Camilo que hoy viene a comer a mi casa, doña Petra.

—Muy bien, hijo, te has puesto muy guapo. Ve por tu invitada.

Llegó Gabriel a la vivienda de la iglesia, tocó a la puerta, abrió la cocinera, y dice:

—¡Ah!, eres tú, Gabriel, pasa, ¿qué se te ofrece?

—Vengo por la señorita Paloma, que hoy va a comer en mi casa, doña Chelo.

—Muy bien, hijo, déjame ir a avisarle.

Gabriel ve venir a Paloma, con un vestido al estilo como usan las mujeres del pueblo, con sus flores bordadas, un poquito ampón de los lados, y sus hombros al descubierto, Paloma se mira hermosa. Paloma mira las miradas de Gabriel hacia ella y le gusta, se acerca a Gabriel, y dice:

—Buenos días, Gabriel.

—Buenos días, Paloma.

—Bueno, estoy lista, vámonos.

—Espera, Paloma, mi madre me dijo que también llevara al padre Camilo.

—Bien, vamos a buscarlo, debe de estar en el despacho.

Y empezaron a caminar hacia el despacho del padre Camilo por un portal ancho con arcos a los lados, en medio de la vivienda había un lugar plano con la estatua de la virgen María, flores alrededor, una banca para sentarse y dos sillas más. Paloma sonó la puerta del despacho, y el padre Camilo dice:

—Entren.

—Padre Camilo, este es Gabriel —dice Paloma.

—¡Ah!, ¿tú eres Gabriel?

—Sí, padre Camilo.

—Bien, Gabriel, mucho gusto en conocerte.

—El gusto es mío, padre Camilo. Padre Camilo, mi madre me pidió que lo invitara a comer con nosotros hoy.

—¿De veras, Gabriel?

—Sí, padre Camilo.

—Bueno, en realidad, no estoy muy ocupado en esta mañana, claro que sí voy con ustedes, Gabriel.

Salen del despacho, y el padre Camilo le dice a la cocinera:

—Doña Chelo, voy a comer en la casa de Gabriel.

—Padre, pero ya cociné —dice doña Chelo.

—Lo que cocinaste me lo como en la tarde.

—Muy bien, padre Camilo. Doña Julieta, la mamá de Gabriel cocina muy rico, estoy segura de que les va a gustar lo que hoy preparó ella. Gabriel, por favor, dale mis saludos a tu mamá de mi parte.

—Yo le digo, doña Chelo —dice Gabriel.

Y salen Paloma, Gabriel y el padre Camilo de la vivienda de la iglesia y se dirigen hacia la casa de Gabriel.

—¿Vives lejos de aquí, Gabriel?

—Un poco, padre, mi casa está a las orillas del pueblo, pero como ve, no es un pueblo muy grande, pronto llegaremos.

Doña Julieta la madre de Gabriel y sus tres hermanas se esmeraron en preparar los uchepos, los huevos rancheros, las tortillas de maíz y de harina a mano, el queso, el pan, pusieron un mantel nuevo en la mesa, se pusieron sus mejores vestidos, Gabriel se había levantado temprano a ordeñar las vacas, todo estaba listo, nada más esperaban a Paloma y al padre Camilo. Llegaron a la casa de doña Julieta, y Gabriel dice:

—Padre, esta es mi madre.

—Me llamo Julieta, padre.

—Mucho gusto en conocerla, doña Julieta —dice el padre Camilo dándole la mano.

—Y estas son mis hermanas, Dalia, Rebeca y Dalila.

—Mucho gusto, Dalia, Rebeca, Dalila —dice el padre Camilo también saludándolas de la mano.

—Y esta es Paloma, la hermana del padre Camilo.

—Mucho gusto en conocerlas —dice Paloma dándole la mano a todas.

Pero cuando le da la mano a doña Julieta, Julieta se estremece al ver el parecido de Ninfa. Paloma se da cuenta de la reacción de doña Julieta, y le pregunta:

—¿Se siente bien, doña Julieta?

—Sí, hija, algo me pasó por un momento, pero ya estoy bien.

—A ver siéntese.

Doña Julieta se sienta y Paloma le toma la mano para tomarle el pulso, y dice:

—Su corazón está palpitando muy aprisa.

—¡Ay!, hija, no te preocupes es por la emoción de tener a dos invitados tan importantes aquí en mi casa.

—No diga eso doña Julieta, Paloma y yo somos iguales de importantes a ustedes —dice el padre Camilo.

—Bueno, más tarde, voy a venir con mi maletín a revisarla, para ver que todo está bien con usted.

—Paloma es doctora en medicina —dice el padre Camilo.

—¿De veras, hija, eres doctora?

—Sí, doña Julieta.

—¡Ay!, hija, me da mucho gusto por ti, pero de veras, no tengo nada, no te tienes que molestar.

—Bueno, tenemos que estar seguros de que todo está bien, doña Julieta, así que, más tarde, vendré a revisarla.

—Bien, sentémonos a la mesa, dice Dalia.

Se sienta a la mesa Paloma, el padre Camilo y Gabriel, y Dalia le pregunta al padre Camilo:

—Padre Camilo, ¿con qué quiere empezar? ¿Con los uchepos o los huevos rancheros?

—Con los huevos rancheros, Dalia — contesta el padre Camilo.

—¿Y tú, Paloma? —pregunta doña Julieta.

—También con los huevos rancheros, doña Julieta.

—¡Ay!, nomás que pienso que la salsa me salió muy picante.

—No se preocupe doña Julieta, cuando Paloma y yo éramos niños…, bueno cuando yo era niño, porque Paloma era ya una jovencita adolecente; jugábamos a ver quien comía más chile, y ella siempre me ganaba.

—De veras, Padre Camilo, tú nunca me ganaste a comer chile.

—Pues porque tú eras más grande que yo.

Al rato, el padre empezó a sudar por la salsa roja enchilosa de los huevos rancheros, y Dalia dice:

—¡Ay!, padre Camilo, si los huevos están muy picantes ya no se los coma.

—Al padre Camilo siempre le gusta sufrir cuando está comiendo, él nunca come a gusto si no está bien enchilado —dice Paloma.

—Es cierto lo que dice Paloma —dice el padre mientras termina sus huevos rancheros.

Dalila ve que el padre Camilo ya está por terminar de comer sus huevos rancheros y se para de la mesa para servirle los uchepos.

—Gracias, Dalila —le dice el padre Camilo.

Luego le sirve también a Gabriel.

Luego dice Rebeca:

—Padre, y esta salsa verde también está bien buena y picante, por si quiere ponerle a los uchepos, yo la hice —Dalila y Dalia se miran, y al verlas Rebeca que se miran, vuelve a decir mirándolas a ellas—: Sí, yo la hice, y está bien buena y bien picante.

—Ay, Rebeca, no seas tan presumida —dice Dalila.

—En verdad, que esta salsa verde, también está riquísima, Rebeca —dice el padre Camilo todo enchilado.

—Ya que estás parada, hija, sírvele de una vez los uchepos a Paloma —le dice la madre a Dalila.

El padre Camilo le pone más salsa verde a los uchepos y sigue comiendo, Rebeca lo ve que suda por lo enchilado, y le dice:

—Padre Camilo, bébale a la leche para que se le quite un poco lo enchilado.

El padre Camilo no dice nada y sigue comiendo, y Paloma dice:

—El padre Camilo no conoce a nadie cuando está comiendo.

Luego dice Gabriel:

—¡Ah!, madre, antes de que se me olvide: Doña Chelo, te manda sus saludos.

—Gracias, hijo.

—En verdad, que estas salsas están deliciosas —les dice el padre Camilo mirando a las mujeres y limpiándose el sudor de su frente y de sus mejillas.

—Sí, doña Julieta, su hijo me dijo que usted cocina para chuparse los dedos, y dijo la verdad, todo está muy bueno —le dice Paloma mirando a doña Julieta y luego mira a los ojos a Gabriel.

—Me da gusto que les esté gustando la comida, hija.

—El padre Camilo termina de comer y se vuelve a secar el sudor de su rostro, y dice:

—Muchas gracias, a todos ustedes, por la invitación que nos hicieron a Paloma y a mí, todo estuvo delicioso. También no los dijo doña Chelo cuando salimos de la casa, que nos iba a gustar la comida de usted doña Julieta, porque usted cocina muy rico.

—Gracias, padre Camilo, por haber venido a nuestra humilde casa.

—¡Ah!, y esperamos que esta no sea la última vez que usted acepta una invitación para venir a comer a nuestra casa, padre Camilo. La siguiente vez, le vamos a matar una gallina, y le vamos a preparar un mole de gallina con una sopa de arroz para chuparse los dedos —dijo Dalia.

—Para mí será un placer volver a venir a comer a esta casa, Dalia. Bueno, les doy las gracias nuevamente y ya me tango que marchar, me esperan los deberes de la iglesia.

Todos se ponen de pie para despedir al padre Camilo. Se marcha él y siguen sentados por un rato más en la mesa, y doña Julieta le pregunta a Paloma:

—Quieres un café, Paloma.

—No, doña Julieta, ya estoy bien, muchas gracias.

—¡Ay!, hija, tu rostro bello es como si ya lo hubiera visto antes.

—No lo creo, doña Julieta, es primera vez que vengo a este pueblo. Nunca he salido de la ciudad.

—Eres muy bonita, hija —dice doña Julieta parándose de la mesa y empezando a recoger los platos.

—Gracias, doña Julieta —dice Paloma también poniéndose de pie y recogiendo platos de la mesa.

—¡Oh!, no, hija, deja nada más allí los platos, tú eres una invitada.

—Está bien, doña Julieta, yo también quiero ayudar.

Dalia le pregunta:

—¿Y qué te parece nuestro pueblo, Paloma?

—Es un pueblo muy bonito, aunque todavía no lo conozco todo.

—Pues que te parece si mañana pasamos por ti, y caminamos por sus calles para que lo conozcas todo.

—Me voy a sentir muy contenta, caminar con ustedes.

—¿Y cómo conociste a mi hermano? —le pregunta Rebeca.

—Estaba sentada en una colina viendo las flores de la pradera y al pueblo cuando él pasó por allí con su caballo cargado de maíz y me saludó, y así lo conocí.

—¿Así, nada más? —pregunta Dalila.

—Bueno, me dijo dulcemente: "Buenos días, señorita".

—¿Y qué más? —pregunta Rebeca.

—Y me dijo que yo era veinte veces más bella que el padre Camilo —dice Paloma sonriendo.

—Perdóname, Paloma, pero tu hermano es muy bello, lástima que se haya hecho un sacerdote —dice Dalia.

—Sí, antes de ser sacerdote, había muchas mujeres que lo querían atrapar. Pero el quiso seguir el ejemplo del padre Camilo, el sacerdote que nos creo como si hubiéramos sido sus hijos.

—¿Y tus padres hija? —pregunta doña Julieta.

—Mi madre murió cuando nació mi hermano Camilo, yo tenía ocho años de edad para entonces, y el padre Camilo se hizo cargo de nosotros.

—Hija, cuando yo era joven, teníamos aquí a un sacerdote tan bello como tu hermano, y a todas las muchachas nos encantaba ir a misa para admirar su rostro, y también se llamaba Camilo, como tu hermano. ¿No será el mismo padre?

—No sé…, no creo doña Julieta, él nunca nos habló de este pueblo… ¡Ah!, y les cuento, Gabriel y yo bajamos juntos la ladera, y cuando me despedí de Gabriel y caminaba hacia la iglesia, un hombre que seguro salió de la cantina del pueblo, me alcanzó, y me dice: "Buenos días, señorita". Me volteé y vi que era un hombre con botas nuevas, cinturón plateado —Paloma se echa a reír y continúa—: y traía la camisa desabrochada enseñando todo el bello de su pecho —y Paloma vuelve a reír. Paloma contagia a las mujeres con su risa y se empiezan a reír todas.

Luego dice Dalia:

—Ese es Jacinto, siempre anda de fanfarrón enseñando los pelos de su pecho, ah, y es un presumido y mujeriego, si se te vuelve a acercar, Paloma, ten cuidado con él.

Una vez que terminaron de lavar los platos y de recoger la mesa, dice Paloma:

—Bueno, muchas gracias por la comida, estuvo deliciosa, me voy, pero más tarde vengo a revisarla, doña Julieta.

—Muy bien, hija, déjame llamo a Gabriel para que te acompañe.

Gabriel se encontraba peinando a su caballo, y la madre le dice:

—Gabriel, ya se va la señorita Paloma, acompáñala.

—Sí, madre, permíteme un momento mientras me lavo las manos.

Y sale Paloma y Gabriel rumbo a la iglesia, y Gabriel dice:

—Espero que en verdad te haya gustado la comida.

—Sí, Gabriel, en verdad, sí me gustó.

—Pues ya escuchaste a mi hermana Dalia, la siguiente vez, le van a cocinar al padre Camilo un mole de gallina, espero que estés aquí para ese día.

—Bueno, tú estad seguro de que cocinen ese mole de gallina cuando yo esté aquí en el pueblo.

—Así, lo haré —dice Gabriel—. ¿Cuándo te regresas a la ciudad?

—En dos días.

—¿Y cuándo regresa a este pueblo?

—No sé…, pero sí voy a regresar. El padre Camilo me propuso que porque no doy mis servicios de médico aquí los fines de semana, y lo voy a pensar.

—Ojalá sí te animes a hacerlo.

—Tu familia es muy linda y dulce, Gabriel, como tú.

—Gracias, Paloma.

—Mañana van a pasar tus hermanas por mí, para enseñarme el pueblo. Si tú quieres el siguiente día acompáñame a caminar, quiero caminar entre todas las flores de la pradera

—Sí, así lo haremos.

Jacinto paró de jugar la mesa de billar al ver pasar a Paloma con Gabriel, salió de la cantina para verlos pasar y se dijo en su adentro: "Esa hembra va a ser mía".

Gabriel dejó a Paloma en la puerta de su casa, y Paloma dice:

—Muchas gracias, por acompañarme Gabriel, más tarde regreso a tu casa para revisar a tu mamá.

—Muy bien, Paloma, que pases buenas tardes.

—Gracias, Gabriel.

Gabriel pasaba por la cantina, y Jacinto sale a su encuentro, y dice:

—Gabriel, ven, te invito un trago.

Gabriel entra a la cantina y Jacinto pide un trajo para Gabriel, y dice:

—Gabriel, ayer conocí a Paloma, es muy linda. Ayer te vi que bajabas con ella de la ladera, y hoy te vi cuando pasabas con ella por aquí —Gabriel no dijo nada, y luego Jacinto continúa—. Dime, ¿te gusta?

—Jacinto, salgamos de la cantina para hablar.

Gabriel y Jacinto salen de la cantina, y Gabriel dice:

—Mira, Jacinto, si estás pensando en Paloma, esa mujer no es para ti, Paloma es una buena mujer.

—Claro que es una buena mujer, por eso me interesa.

—Como te digo, Jacinto, esa mujer no es para ti.

—¿Y para ti sí?

—Tampoco para mí, Jacinto, porque ella se merece que le den todo y que sea tratada como una reina, y yo soy pobre.

—Pues yo soy rico, Gabriel, y yo sí le puedo dar todo.

—Mira, Jacinto, tú y yo hemos sido amigos desde que éramos niños, y te conozco, tú nunca has respetado a una mujer.

—A Paloma sí la respetaría, Gabriel.

—Mira, Jacinto, cambiando de tema. Como amigo te he dicho que cambies de vida antes de que algún marido se dé cuenta que te metes con la mujer de él. No sea que te pase lo que le pasó a Melquiades cuando él era joven, que se dieron cuenta algunos maridos que él se metía con sus esposas, lo agarraron en la oscura noche y se lo llevaron al monte a matarlo, y tú sabes la historia, que lo dejaron por muerto en el monte.

Sobrevivió, y después ya no le hicieron nada porque quedó mal de la cabeza.

Jacinto se quedó callado pensando en lo que le dijo Gabriel. Gabriel no dijo nada más y se retiró del lado de Jacinto.

Más tarde, llegó Paloma con su maletín de médico para revisar a doña Julieta. Le tomó el pulso, contó la respiración, le tomó la presión, escuchó su corazón y sus pulmones, revisó sus ojos, los oídos, la garganta, miró el color de las uñas de sus manos, revisó sus manos y piernas, y dice:

—Todo se mira muy bien, doña Julieta.

—Sí, Paloma, estoy bien, muchas gracias por revisarme.

—Pues ¿qué le pasó doña Julieta? Porque en ese momento se puso pálida y su corazón palpitaba aprisa.

—De seguro fue el cansancio, hija.

—Voy a estar un par de días todavía aquí en el pueblo, si vuelve a sentir lo mismo, no deje de avisarme.

—Así lo haré, hija, muchas gracias.

—Muy bien, doña Julieta, me retiro, que pase usted muy buenas tardes.

—Buenas tardes, hija.

Paloma caminaba hacia la iglesia y por el camino se le acercó Jacinto diciéndole:

—Buenas tardes, Paloma.

—Buenas tardes, Jacinto.

—¿Te ayudo con tu maletín?

—No gracias, no está pesado —le dice Paloma mientras sigue caminando.

—Paloma, dame la oportunidad de conocerte y tú conocerme a mí.

—No, Jacinto, no estoy interesada, muchas gracias.

—Pero ¿por qué no estás interesada?

—Mira, Jacinto, ya me dijeron que me cuide de ti, que tú eres un mujeriego.

—¿Quién te lo dijo? ¿Te lo dijo Gabriel?

—No, Jacinto, me lo dijo su hermana Dalia.

—Es cierto, Paloma, que yo he sido un mujeriego. Pero te juro que yo cambiaría por ti. Mira, Paloma, no me lo tomes a mal, yo soy un hombre rico, y te daría todo y te trataría como a una reina —dice Jacinto sintiendo sus palabras sinceramente.

—Muchas gracias, Jacinto, por tus palabras, me siento muy alagada, pero te vuelvo a repetir, no estoy interesada. No pierdas el tiempo conmigo. Además, yo no soy de este pueblo, y he visto que este pueblo está lleno de muchachas bonitas. Consíguete una muchacha de tu pueblo y hazla feliz.

—Es que ninguna muchacha de mi pueblo me flechó nunca como tú me has flechado, Paloma.

—Jacinto, pero tú no me conoces a mí, nunca me habías visto.

—Pero ahora que te he visto, Paloma, sé que tú eres la mujer para mí.

—Jacinto, lo siento, pero yo no estoy interesada en conocerte.

—Bueno, Paloma, muchas gracias, por tus palabras y por rechazarme tan amablemente, te dejo para que sigas tu camino.

Y Jacinto deja de caminar del lado de Paloma y la ve alejarse.

El siguiente día, llegó Dalia, Rebeca y Dalila a la casa del padre Camilo para llevar a Paloma a conocer el pueblo, y caminando por las calles del pueblo los jóvenes miraban pasar la belleza de las cuatro mujeres, Dalia presentaba a Paloma con las personas que se encontraban en el camino diciéndoles que era la hermana del padre Camilo, y todos le saludaban y la trataban amablemente.

El siguiente día, Gabriel llegó a la vivienda de la iglesia para llevar a caminar a Paloma por las flores de la pradera. Ya en la pradera, caminaba Paloma entre las flores de todos colores, por el mismo lugar que su madre un día caminó observando la belleza de las flores cuando ella vivía en ese pueblo. Y Paloma dice:

—Gabriel, es increíble, tantas flores y de todos colores, las flores de la pradera son muy hermosas, porqué no cortamos las más bonitas y se las llevamos al altar de la virgen María, como cuando tú eras un niño.

—Paloma, de todas las flores de la pradera…, de todas las flores del valle; tú eres la flor más bella —dice Gabriel.

—¡Ay!, Gabriel, tú siempre exagerando, pero muchas gracias.

—Sí, Paloma, tú eres la mujer más hermosa que yo he visto en mi vida —Paloma sonríe—. Paloma, si tú quieres cortar flores para llevarle a la virgen María; cortemos las más grandes y bonitas.

Paloma se sentía contenta entre las flores de la pradera y por la compañía de Gabriel, en verdad, ella sentía que Gabriel le gustaba mucho a ella, Gabriel estaba en su plena juventud, era alto y muy varonil, pero sobre todo, tenía la dulzura del valle y de las montañas en su corazón y en su rostro, porque entre el valle y las montañas él se hizo hombre. A muy temprana edad él perdió a su padre, y él se tuvo que hacer cargo de su madre y sus hermanas sembrando sus tierras del valle y de las colinas, por eso, el trabajo, el valle y las montañas purificaron su alma y su espíritu, y lo hicieron un hombre de bien. Gabriel mientras cortaba las flores, miraba a Paloma cortando las flores y admirando su belleza, Paloma sabía que esas miradas de Gabriel eran también porque ella le gustaba a él y eso le agradaba a Paloma. Luego pregunta Gabriel:

—¿Mañana te regresas a la ciudad, Paloma?

—Sí, Gabriel, hoy es mi último día aquí en el pueblo.

—¿Y, cuándo regresas?

—No sé, Gabriel, pero pienso que será pronto.

—Bueno, espero que regreses antes de que se sequen las flores de la pradera.

—Sí, Gabriel, regresaré antes de que las flores se sequen.

Paloma jala una hermosa flor silvestre de su tallo, pero no puede arrancarla, se acerca Gabriel a ayudarla y entre los dos empiezan a jalar el tallo para arrancarla de la tierra, de pronto, se dan cuenta, que sus ojos, su cara y sus labios de cada uno están muy cerca de cada uno, se miran a los ojos por un momento, pero ninguno de los dos se atreve a acercar sus labios, y por primera vez, Paloma siente revolotear las mariposas en su estomago como las mariposas que revolotean entre las amapolas de todos colores. Y Paloma le pregunta a Gabriel mirándolo a los ojos:

—¿Y tú, Gabriel, quieres que yo regrese?

—Sí, Paloma.

—¿Y por qué quieres que yo regrese?

Gabriel baja la vista, y con voz baja y con timidez, dice:

—Porque me gustas mucho.

Paloma sonríe, luego se pone de pie, y dice:

—Regresaré antes de que se sequen las flores de la pradera, y volveremos a cortar flores para llevarle a la virgen María.

Terminan de cortar las flores, y Gabriel dice:

—Dame las flores, Paloma, yo las cargo.

Antes de darle las flores, aparece Melquiades en su caballo blanco, y dice:

—Tu belleza ha regresado a las flores de la pradera, y tú y todas las flores del valle me torturan.

Y diciendo estas palabras sigue su camino.

Paloma le da las flores de la pradera a Gabriel y empiezan a dirigirse hacia la iglesia, y Paloma dice:

—Que hombre tan extraño, esta es la segunda vez que me lo encuentro.

—Es Melquiades, no está bien de la cabeza, siempre recorre todo el valle en su caballo, es como si estuviera perdido por dentro. Pero no le hace daño a nadie, no es peligroso.

Hay un silencio por un momento, y luego Paloma dice:

—Mira, Gabriel, le llevas flores a la virgen como cuando eras un niño.

—Bueno, los dos le llevamos, porque tú también las cortaste, y además, fue tu idea.

Cruzaron la calzada empedrada hacia la iglesia, y al pasar por la cantina, Jacinto ve que Paloma y Gabriel pasan por allí, sale de la cantina y observa la belleza de Paloma, y se dice a sí mismo.

—No..., yo tengo más que ofrecerle a Paloma que Gabriel, soy rico y la puedo llenar de lujos, y la puedo pasear por el mundo. Gabriel es un campesino que no tiene donde caerse muerto. Sí, es cierto lo que dice Gabriel que Paloma no es para mí, sí..., ella no es para mí en este momento, porque soy un desgraciado que ando con varias mujeres al mismo tiempo, y hasta con casadas, pero si ella me acepta, dejaré a todas con las que ando y seré nada más de Paloma, por ella yo cambiaré y la querré como a nadie he querido en la vida, ¡esa mujer va a ser para mí!

Gabriel y Paloma entraron a la iglesia y depositaron las flores en el altar de la virgen María, y Gabriel dice:

—Sí me acuerdo cuando de niño llegaba con mis amigos, y cada uno con una brazada de flores de la pradera para depositarlas aquí en el altar de la virgen.

Paloma llegó a la ciudad, y le dice al padre Camilo:

—Ya estoy de regreso, padre Camilo.

—Que bien, hija, me da mucho gusto, cuéntame, ¿cómo te fue?

—Padre, me gustó mucho el pueblo, es un pueblo muy lindo, en medio de las montañas, con praderas llenas de hermosas flores y estanques llenos de agua por donde quiera. Y la gente es muy linda, me gustó mucho.

—Me da gusto, hija, que te haya gustado.

—Padre, Camilo me propuso que porque no doy mis servicios de médico los fines de semana en el pueblo donde él está. Y me parece una buena idea, a lo mejor sí voy a viajar los fines de semana para hacer eso.

—¡No, hija! —Dice el padre Camilo medio preocupado —, aquí también hay mucha gente que puede necesitar de tus servicios los fines de semana.

—Padre, aquí en la ciudad hay más médicos, y allá no hay ninguno.

—No, hija, no estoy de acuerdo.

—¿Por qué, padre?, no te entiendo. Si siempre has estado de acuerdo conmigo en todo lo que hago. Acuérdate que siempre te dije que mi madre me decía: Paloma, te llamas Paloma para que tú vueles como una paloma a donde tú quieras volar. Y tú también siempre me dijiste: vuela Paloma, vuela Paloma a donde tú quieras volar. Por eso, ahora no entiendo que no estés de acuerdo conmigo en esto.

—¡Ay!, hija, a lo mejor es que me da miedo que te pase algo en eso de ir y venir.

—No me va a pasar nada padre, no te preocupes.

El padre Camilo tenía miedo de que Paloma encontrara un inicio sobre sus raíces en ese pueblo y reviviera su cruel pasado, y le quería evitar una amargura.

Paloma regresó en una semana al pueblo donde estaba su hermano el padre Camilo, y le dice:

—Padre Camilo, sí me interesó de venir a dar mis servicios como médico a esta comunidad.

—Muy bien, Paloma, me da gusto, puedes empezar a dar tus servicios aquí en la iglesia mientras construimos una clínica.

Estaba comiendo Gabriel con su familia, y llega Rebeca, y dice:

—Vi a Paloma, la hermana del padre Camilo, que se bajó del autobús.

Las mujeres vieron a Gabriel, para ver la reacción de él por la noticia, y luego Gabriel dice:

—¿Y cuándo le van a matar la gallina al padre Camilo para invitarlo a comer?

Luego Dalila dice en forma de hacer desatinar a Gabriel:

—Te gusta Paloma, ¿verdad?

—Sí, le gusta —dice Rebeca en tono juguetón también.

Gabriel no dice nada y sigue comiendo.

—Dejen comer a su hermano en paz —dice la madre.

Luego Dalia dice:

—Paloma es una mujer muy bonita, además, se ve que no es creída, pareciera como si fuera de nuestra propia clase.

—Mira, hijo, averigua cuantos días va a estar la señorita Paloma aquí en el pueblo, y entre esos días hacemos el mole de gallina para que venga a comer el padre Camilo y Paloma.

Se encontraba Jacinto dándoles órdenes a unos trabajadores de él, cuando se acerca un criado a Jacinto, y le dice:

—Patrón, le comunico que vi bajarse a la señorita Paloma del carro de transporte.

—Gracias, Jerónimo, por tu información.

Jacinto se dirigió hacia la iglesia, llegó, tocó a la puerta de la vivienda de la iglesia y abrió doña Chelo, y Chelo dice:

—Dime, ¿Jacinto?

—Doña Chelo, ¿se encuentra Paloma?

—Sí, Jacinto. Déjame llamarla.

Doña Chelo llega con Paloma, y le dice:

—Señorita Paloma, la busca Jacinto, allí está esperando en la puerta.

Paloma dice:

—Está bien, doña Chelo, dígale que en un momento voy.

—Ahorita viene, Jacinto —le dijo doña Chelo mientras él esperaba afuera.

Paloma salió, y le dice:

—Buenos días, Jacinto.

—Buenos días, Paloma.

—Dime, ¿qué se te ofrece?

—Hablar contigo Paloma, y decirte que estoy muy interesado en ti, que es cierto todo lo que te han contado de mí, pero si tú me das una oportunidad, yo me hago un hombre de bien, y nunca yo te fallaré a ti, y si tú te casaras conmigo; todo lo mío y mi vida te pertenecería, y yo te trataría como a una reina.

Gabriel venía hacia la casa de Paloma, y al ver conversando a Paloma y a Jacinto se dio la vuelta sin que ellos lo vieran.

Paloma vio la sinceridad en los ojos de Jacinto y como le brillaban al verla, y dice:

—En verdad, que eres lindo Jacinto, así como quieres cambiar por mí, cambia por una muchacha de tu pueblo, mira que hay muchas muchachas muy bonitas en este pueblo, allí están las hermanas de Gabriel por ejemplo, son muy bellas, Dalia es una mujer muy bella.

—Sí, Paloma, las hermanas de Gabriel son muy bellas, pero ni ellas y ni una mujer del pueblo me ha hecho sentir lo que sentí por ti la primera vez que te vi. En verdad, Paloma, yo me enamoré de ti la primera vez que te vi, desde que te vi no he dejado de pensar en ti. Dame una oportunidad, Paloma. Si tú me quisieras, yo te amaría hasta el último momento de mi vida.

—¡Ay!, Gabriel, como puedes hablar así, si apenas me conoces, si tú no sabes quién soy yo. Sin embargo, siento que tus palabras son sinceras.

—Sí, Paloma, son palabras que verdaderamente salen de mi corazón. Y, sí te conozco, tú eres la mujer que sin yo saber mi corazón esperaba.

—Jacinto, me siento muy alagada con tus palabras, veo que dentro de ti, en realidad, sí hay un hombre bueno y sincero, y si tú cambias, la mujer que llegue a ser tu esposa, va a ser feliz contigo. Ahora, si me disculpas te tengo que dejar, hay unos asuntos que tengo que tratar con el padre Camilo. Que pases buenos días, Jacinto.

Más tarde, llegó Gabriel, tocó a la puerta, y abrió doña Chelo.

—¡Oh!, Gabriel, eres tú, pasa, me supongo que buscas a la señorita Paloma.

—Sí, doña Chelo.

—Muy bien, déjame avisarle.

Doña Chelo llega a donde está Paloma, y le dice:

—Señorita Paloma, la busca Gabriel.

Apareció una sonrisa en el rostro de Paloma, y dice:

—Dile que enseguida voy.

Paloma se mira al espejo, se acomoda su pelo y su vestido, y luego sale al encuentro de Gabriel.

—¡Hola, Gabriel!, me da mucho gusto verte, ¿cómo estás?

—Bien, gracias, Paloma, ¿y tú?

—Yo bien, gracias, Gabriel.

—Vine más temprano a verte, pero te vi conversando con Jacinto, y no quise interrumpirlos.

—Sí, Jacinto vino y me dijo que está interesado en conocerme, pero ya se lo dije bien claro que él a mí no me interesa.

—Bueno, vengo a saludarte y al mismo tiempo a preguntarte ¿cuántos días te vas a quedar en el pueblo?

—Mañana me regreso a la ciudad, nomás vine a decirle al padre Camilo que sí voy a dar mis servicios de médico aquí en el pueblo los fines de semana. Ven, acompáñame, vamos a la iglesia, el padre Camilo dice que puedo usar la iglesia para ver a pacientes mientras se construye una clínica.

Llegaron a la iglesia, el padre Camilo se preparaba para dar el rosario de esa tarde, se acerca a Paloma y a Gabriel, y dice:

—Buenas tardes, Gabriel, que bien que te veo, necesito pedirte un favor grande.

—Buenas tardes, padre Camilo, dígame que favor necesita.

—Gabriel, si me hicieras el favor de ir y hablar con los encargados del pueblo, y decirles que quiero hablar con ellos, y si pudieran venir mañana a una junta por la tarde, después de que se acabe el rosario, que es muy importante.

—Sí, padre, yo voy y hablo con ellos.

Después que Gabriel conversó un rato con Paloma, se despidió y se dirigió a hablar con los encargados del pueblo, y por último visitó al padre de Jacinto, cuando llegó a la casa, lo recibió la madre de Jacinto, y dice:

—Gabriel, hijo, pasa, ¡cuánto tiempo sin verte!

—Daña Isabel, vengo a hablar con don Francisco.

Se aparece don Francisco, y dice:

—Ya te escuché, Gabriel, dime, ¿en qué te puedo servir?

—Don Francisco, el padre Camilo está citando a todos los encargados del pueblo a una junta para mañana después del rosario, dice que es muy importante.

—Habla con Jacinto, Gabriel, él ahora ya se está encargando de todos mis asuntos, debe de andar por los corrales dando algunas órdenes.

—Muy bien, don Francisco, lo voy a buscar.

—Sí, hijo, ve.

Gabriel cruzó un portal ancho con arcos, se encontró a Susana y a María las hermanas de Jacinto, y dice:

—Buenas tardes, María, Susana.

—Buenos tardes, Gabriel —contesta María y Susana.

—Estoy buscando a Jacinto.

—Sí, se encuentra en las caballerizas.

—Gracias —dice Gabriel y se dirige hacia las caballerizas.

Luego María le dice a Susana.

—Has visto que chulo está Gabriel.

—Sí, es un hombre muy guapo —contesta Susana—, pero dicen que ya se ha interesado en la hermana del padre Camilo, los han visto caminar por la pradera, él la ha invitado a comer a su casa, y han ido a cortar flores a la pradera para llevárselas a la virgen María.

—¿Y tú cómo sabes todo esto, Susana?

—Escuchando hablar a las criadas.

—Lastima que no se haya fijado en ninguna de nosotras dos —dice María.

Gabriel llegó a donde estaba Jacinto, y dice:

—Hola, Jacinto.

—Hola, Gabriel.

—Necesito hablar contigo, Jacinto —Jacinto palideció un poco pensando que Gabriel venía a reclamarle sobre la visita que le había hecho a la señorita Paloma.

—Vamos al despacho, Gabriel, allí podemos hablar, y voy a abrir una botella añejada que no he abierto esperando el momento adecuado —le dice Jacinto mientras caminan hacia el despacho.

Llegaron al despacho y Jacinto se dirigió a agarrar la botella añejada, y Gabriel dice:

—No abras la botella, Jacinto, no quiero tomar.

—Mira, Gabriel, desde hace mucho tiempo, estaba esperando el momento adecuado para abrir esta botella con la persona adecuada, y quien mejor que tú —dijo Jacinto mientras abrió la botella, sirvió dos copas, le dio a

Gabriel, y dice—: Brindemos, Gabriel. ¿Por quién quieres brindar, Gabriel?

—No sé, Jacinto.

—Yo sí sé, brindemos por la belleza de la señorita Paloma.

—A que rico, me gustó —dice Jacinto mientras le sirve más a Gabriel—. Bien, Gabriel, te escucho, ¿de qué quieres hablarme?

—Vine a hablar con tu padre, pero él me dijo que hable contigo.

—¿Bien? —dice Jacinto en tono de pregunta.

—El padre Camilo está requiriendo la presencia de todos los encargados del pueblo mañana después de que se termine el rosario.

—Pero yo no soy encargado, Gabriel.

—Pero tu padre sí, y te está pasando esa responsabilidad, por eso me dijo que hable contigo.

—¿Sabes qué quiere el padre Camilo?

—No sé, pero casi estoy seguro que es con relación a la señorita Paloma, pero; me puedo equivocar.

—¿Tú, vas a ir, Gabriel?

—No, pues yo no soy encargado.

—Eso, no importa, Gabriel, pero eres un hijo del pueblo, si tú vas, yo voy.

—Está bien, Jacinto, si voy.

—Bien, salud, Gabriel —dice Jacinto tomándole a la copa.

Gabriel termina de beber, se pone de pie, y dice:

—Bueno, Jacinto, muchas gracias por haber abierto esa botella y por compartirla conmigo, en verdad, sí es una buen botella, me retiro, que pases buenas tardes, no..., ya son noches, ya está oscuro.

—Espera, Gabriel, no te vayas todavía, quiero hablar contigo de un asunto muy delicado.

Gabriel se vuelve a sentar, y dice:

—Dime, Jacinto.

—Es sobre la señorita Paloma, Gabriel, yo sé que a ti te interesa, y sé que tú llevas más terreno ganado con ella que yo, pero yo también voy a tratar de conquistarla, y te juro Gabriel, que a ella siempre la voy a respetar y por ella yo voy a cambiar.

—Está bien, Jacinto, pero no cambies por ella, cambia por ti, por tus hermanas y tus padres, no les des el dolor de que un día te encuentren muerto por ahí en el monte, algunos de los maridos ausentes de las mujeres con las que tú te metes se pueden dar cuenta, y no te la van a perdonar. Ya sabes la historia de Melquiades. Ahora sí me retiro Jacinto, que pases buenas noches.

Antes de salir de la casa de los padres de Jacinto, doña Isabel le dice a Gabriel:

—Gabriel, hijo, dile a tu mamá que la mando saludar, y que deseo que ella y todos sus hijos estén bien.

—Gracias, doña Isabel, yo le doy sus saludos y su mensaje, que pase buenas noches.

—Buenas noches, Gabriel.

Después del rosario, llegaron los encargados del pueblo a la iglesia, y el padre Camilo dice:

—Buenas noches —buenas noches contestaron los hombres—, señores, los cité a esta junta, para avisarles que mi hermana Paloma es doctora en medicina y va a dar sus servicios médicos los fines de semana aquí en la iglesia, y quería preguntarles si hay la posibilidad de construir una clínica.

—Claro que sí, padre Camilo, hay mucho terreno al lado de la escuela —dijo uno de los hombres mayores.

Luego otro dice:

—Y tenemos muy buenos albañiles aquí en el pueblo.

Otro dice:

—¿Una clínica?…, eso es muy bueno, mucha gente se va a beneficiar, especialmente los viejos, ya no tendrán que viajar a la ciudad.

Luego Jacinto dice:

—Señores, yo estoy aquí en representación de mi padre. Y, sí, padre Camilo, construiremos una clínica grande, con varios cuartos para los enfermos, y una casa al lado de la clínica para la doctora Paloma y las enfermeras. Mis troques, la maquinaria y mi gente están a la disposición para cuando se empiece el proyecto.

—Empezaremos ya, padre —dijo otro—, usted avise este domingo en el sermón de la misa que el lunes empezaremos la construcción de la clínica al lado de la escuela, y que se cita a todos los hombres para empezar la obra, y por supuesto, a las mujeres para que cocinen los alimentos para los obreros.

Se llegó el lunes, y por la mañana se reunieron los hombres para empezar la construcción de la clínica, Jacinto llegó con sus troques y tractores para emparejar el terreno. Más tarde empezaron a llegar las mujeres jóvenes y mayores con las ollas para cocinar, con los platos, vasos, utensilios, con la carne de res, (el siguiente día sería puerco, luego chivo, luego gallinas asadas o en mole, cada día sería un banquete especial preparado por las mejores cocineras del pueblo) los vegetales, las aguas de dulce y todo lo que se necesitaba. Colocaron todo en una línea grande de mesas con sillas que los hombres ya habían puesto para comer cuando la comida ya estuviera lista. También, ya estaban preparadas las piedras con leña, nada más para que las mujeres pusieran las ollas de cocinar y prender la leña. Siempre era como una fiesta en el pueblo cuando la comunidad se juntaba a construir una obra para el pueblo, convivían los jóvenes con los jóvenes, los viejos con los viejos y los niños con los niños jugando en el campo, ¡ah!, y los más hambrientos cuando todos se sentaban a comer eran los niños, porque el juego les consumía toda su energía. Se encontraba la madre de Jacinto con sus dos hijas, Susana y María al lado de la madre de Gabriel con Dalia, Rebeca y Dalila cocinando, y dice Isabel la mamá de Jacinto:

—Hijas, los hombres deben de tener sed, llévenles agua.

—Sí, Rebeca, Dalila, vayan con Susana y María, y lleven agua a los hombres —dice Dalia.

Las cuatro mujeres, tomaron los cantaros de agua con un vaso para ofrecerles agua a los hombres, llegaron a la obra y empezaron a darles agua a los hombres sedientos. Y los jóvenes como siempre dándoles piropos, ya uno dice:

—Esta agua es el agua más rica que he tomado en toda mi vida.

Otro le dice a una de las jóvenes.

—Así sí da gusto trabajar, que una bella mujer me brinde un vaso de agua.

Otro dice mirando a los ojos bellos de la joven que le servía el agua:

—No me olvides, estaré ansioso esperando que me traigas agua cuando ya tenga sed.

Otro dice:

—Me gustaría que también en este vaso de agua me dieras tu corazón.

Las mujeres sirvieron los platos de comida en las mesas, y ya una vez servido el plato con comida, las tortillas, las salsas picantes, el pan y el agua en la mesa, sonaron la campana para que los hombres y los niños que jugaban alrededor se acercaran a comer. Doña Julieta le dice a Dalia:

—Hija, los niños van en aquéllas mesas, tú y alguna de las muchachas encárguense de ellos.

Una vez que los hombres y los niños ya estaban comiendo y que no faltaba nada, se sentaron las mujeres a comer.

Pasaron los días, y los días que Paloma estaba allí en el pueblo, curaba las heridas de los trabajadores que se lastimaban en la construcción de la clínica, y cada vez que Jacinto se lastimaba, no perdía la oportunidad de ir con Paloma para que ella lo curara y conversar con ella. Al mismo tiempo Paloma daba sus consultas allí al lado de la construcción al aire libre a las personas enfermas que venían a visitarla.

Jacinto y Gabriel se dedicaron en alma y corazón en ayudar a construir la clínica para quedar bien con Paloma. Y sí, eso hizo que en Paloma naciera admiración por Jacinto, pero a Paloma le gustaba Gabriel y nomás tenía ojos para Gabriel.

Pasaron las semanas y terminaron de construir la clínica, y Paloma atendía a los enfermos en esa grande y bonita clínica que construyeron.

Se fueron las aguas, vino el tiempo de calor, el sol secó las flores de la pradera, se secaron los riachuelos que había por doquier, y aquel verde de los campos, de las colinas y de las montañas se cambió por un color amarillo por lo seco de la hierba. Los caballos salvajes bajaban por manadas al estanque grande que había a un lado de la clínica a tomar agua, el ganado, los caballos salvajes y las ovejas comieron la yerba del valle, hasta que los campos quedaron sin yerba.

Gabriel segaba y cosechaba el maíz, el fríjol y el trigo de sus tierras de la colina y del valle.

Llegó Dalia a la clínica y le dice a Paloma:

—Paloma, quieres ir con nosotras a llevarle la comida a Gabriel y a sus trabajadores a donde están trabajando, es como un día de campo, nosotras cocinamos para todos ellos y nosotras también comemos allá con ellos, te vas a distraer y te va a gustar.

—Sí, claro que sí, ¿a qué hora?

—Ya —dice Dalia.

—Bien, vamos —dice Paloma.

Dalia y Paloma llegaron a la casa de doña Julieta, y dice Paloma:

—¿Con qué les ayudo?

—A ver, déjame ver, mira, esta canasta no está tan pesada, lleva esta canasta.

Las cinco mujeres se dirigieron con las canastas de comida hacia donde estaba Gabriel cosechando su siembra con sus trabajadores. Y desde lejos Gabriel vio que las mujeres se acercaban ya con la comida. Llegaron las mujeres, los hombres dejaron de trabajar y se acercaron a las mujeres, y dicen:

—Buenas tardes, doña Julieta, Buenas tardes señoritas.

—Buenas tardes, muchachos, acérquense por su plato —dice doña Julieta.

Las mujeres les sirvieron la comida a los hombres y luego se sirvieron ellas, y comieron todos juntos como si estuvieran en un día de campo. Entre los muchachos había unos que eran muy conversadores y otros muy bromistas contando chistes que hicieron reír a las mujeres. Dalia notó las miradas que se cruzaban de Paloma y Gabriel, ya la atracción entre los dos no se podía ocultar. Terminaron de comer, las mujeres recogieron los platos, vasos y utensilios, y luego regresaron a la casa. De regreso le dice Paloma a Dalia:

—Sí me gustó mucho venir, Dalia, tenías razón, ha sido para mí como un día de campo, y tambіén me distraje.

Pasaron los días, y un día, llegó Gabriel a la clínica, y le dice a Paloma:

—Buenas tardes, Paloma.

—Buenas tardes, Gabriel.

—Veo que no tienes pacientes en este momento, ven, caminemos por el campo, es una bonita tarde hoy.

Paloma salió de la clínica y empezaron a caminar por el campo hacia la colina donde por primera vez se conocieron Paloma y Gabriel. Llegaron a la cima de la colina y ya empezaba el crepúsculo de la tarde, el sol se empezaba a ocultar en el horizonte. Y Paloma mirando los miles de aves que cruzaban el cielo entre azul y marrón, dice:

—Mira, Gabriel, aunque ya no hay flores, que lindo se ve desde aquí el valle, el pueblo, las aves cruzando el cielo y el sol ya marchándose —Gabriel no dice nada y luego vuelve a decir Paloma—: Te veo serio Gabriel, ¿estás bien?

—Sí, Paloma, estaba recordando que aquí en esta colina te vi por primera vez, y cuando te vi y me acerqué a ti, vi a la mujer más hermosa que yo había visto en mi vida, y me dije: Entre todas las flores del valle; Paloma es la flor más bella.

—Gabriel, tu siempre exagerando, pero me gusta.

—Y pensé yo por dentro: ¿Podría yo aspirar a conquistar a una mujer tan bella como a ésta? Y mi respuesta fue, no..., y es que tu belleza me hizo sentir pequeño, porque vi en ti la belleza de una diosa. La verdad, Paloma, yo me enamoré de ti la primera vez que te vi. Ya ha pasado mucho tiempo desde el primer día que te vi y ya no lo puedo callar más, ¡te quiero Paloma!, y quiero preguntarte si quieres ser mi novia, y también si quieres casarte conmigo. Yo no tengo nada, yo no soy rico, pero todo lo que tengo lo pongo a tus pies, que es mi amor, mi vida y mi corazón.

—Paloma mira a Gabriel a los ojos, y dice:

—Sí, Gabriel, sí quiero ser tu novia, y sí quiero ser tu esposa.

Gabriel rodea la cintura de Paloma con su brazo, la acerca a él, ve a Paloma a los ojos, los dos acercan sus labios y se dan un beso de gloria. Luego dice Paloma:

—¿Por qué te tardaste tanto, Gabriel?

—Por miedo a tu belleza, y miedo a que me rechazaras. Ya que me has aceptado, porque no nos casamos en seguida —le dice Gabriel mientras la mantiene pegada a su cuerpo.

—¿Estás loco? Tenemos que hacer los preparativos de la boda, tenemos que hacer las amonestaciones, y yo tengo que arreglar todo en la ciudad para moverme completamente al pueblo. Te propongo algo, casémonos cuando de vuelta estén llenas las praderas de flores, ya no falta mucho para que lleguen las lluvias, y una vez que las praderas estén llenas de flores, allí nos casamos. Y quiero que en nuestra boda esté la iglesia sólo adornada con flores de la pradera.

—Bien, estoy seguro que las praderas van a estar llenas de flores hermosas como todos los años, y la iglesia se adornará con las flores silvestres más hermosas del valle. Mientras tanto, empezaré a construir nuestra propia casa, para que esté lista antes de casarnos.

Y volvieron a besarse apasionadamente, y a Paloma le gustaron los besos de Gabriel. Y Paloma sintió su pecho hinchado de tanto amor, y se dio cuenta que nunca había sentido esa clase de amor en su corazón, y era porque estaba sintiendo el verdadero amor del amor. Empezó a oscurecer, y dice Paloma:

—Regresemos ya, antes de que el camino se ponga oscuro.

Paloma y Gabriel bajaron de la ladera tomados de la mano, y en el corazón de los dos ardía el fuego del amor, Gabriel la acompañó hasta la vivienda de la iglesia y se despidieron con un beso apasionado. Luego Paloma se dirigió a la cocina donde estaba el padre Camilo cenando, y le dice:

—Camilo, te comunico que Gabriel me pidió ser su esposa, y he aceptado.

—Me da mucho gusto por ti, Paloma —dice el padre Camilo mientras comía.

—Siéntese para que cene, señorita Paloma —le dice doña Chelo.

El siguiente día, visitó doña Cristina a Paloma por un malestar, y Cristina al ver a Paloma, se estremeció, pues vio a Ninfa en ella. Paloma al verla pálida, le dice:

—Siéntese aquí, señora, la veo muy pálida —le escucha el corazón, y escucha que le está palpitando muy aprisa—, dígame, señora, ¿cómo se siente? Su corazón lo escucho muy acelerado, déjeme tomarle la presión… También su presión está alta.

—¡Ay!, doctora, discúlpeme, ya me siento bien, en realidad, ya debo irme.

—No, espere, dígame, ¿ha usted padecido del corazón alguna vez?

—No, doctora.

—¿Y de la alta presión arterial?

—No, doctora.

—Dígame, ¿para qué venía a verme?

—¡Ay!, doctora, discúlpeme, le voy a decir la verdad, me puse pálida y sentí que el corazón se aceleró al verla a usted.

—¿Pero por qué?

—Es que el parecido de usted es extraordinario, con una hija que yo tuve.

—¿Y qué pasó con esa hija, señora?

—No sé, doctora, un día se fue del pueblo, y nunca más volví a verla.

—¿Cómo se llamaba su hija?

—Ninfa, señorita.

A Paloma la envolvió una tristeza profunda por todo su cuerpo al escuchar el nombre de Ninfa. ¿Tendría alguna relación esta señora con su madre?, no…, sería mucha casualidad.

—Dígame, señora, ¿Ninfa es la hija que usted corrió de su lado porque estaba embarazada?

Doña Cristina palideció por la pregunta de Paloma, y temblándole los labios dice:

—Sí, señorita.

—Pues, yo soy la hija de Ninfa.

Doña Cristina abrió completamente los ojos viendo a Paloma, y pregunta:

—¿Dónde está Ninfa, mi hija?

—¿Ninfa, su hija? ¿Cómo se atreve a llamarle hija? Si usted señora la echó a la calle como a un perro diciéndole que ella ya no era su hija. ¿Ya se le olvido, señora? —Paloma ve el rostro pálido de doña Cristina, percibe el corazón agitado y una angustia grande en Cristina, y luego dice—: Mi madre murió en la miseria más grande, señora, porque ustedes le dieron la espalda cuando más los necesitaba.

—Perdóname, hija.

—No, señora, yo no tengo nada que perdonarle, pídale perdón a Dios y a mi madre que está en el cielo.

Doña Cristina sintió la dureza de Paloma, se puso de pie y salió de la clínica sintiendo sus piernas débiles que apenas podían sostener su cuerpo. Paloma cerró la clínica y se dirigió hacia la iglesia para hablar con el padre Camilo. Cuando llegó, le dice:

—Camilo, necesito hablar contigo.

—Dime, Paloma —le dice él mirándola angustiada.

—Conocí a la madre de nuestra madre.

Paloma no vio ninguna reacción en el padre Camilo, y pregunta:

—¡¿No te causa sorpresa lo que te estoy diciendo?!

—No, Paloma, yo ya la conocí.

Paloma le golpea el pecho al padre Camilo enojada con sus puños cerrados de sus manos haciendo al padre retroceder unos pasos hacia atrás por los golpes, y dice:

—¡¿Por qué no me dijiste que aquí en este pueblo vivió nuestra madre?! ¿Y que aquí en este pueblo vivían nuestros abuelos? De haberlo sabido, yo nunca hubiera venido a este pueblo.

—Yo tampoco lo sabía, me enteré por medio de la confesión.

—Camilo, siento un coraje y un rencor tan grande por esas personas que le dieron la espalda a mi madre cuando más los necesitó. Es que yo viví en carne propia el sufrimiento de mi madre.

—Estás en tu derecho, Paloma, de sentir coraje y rencor hacia ellos, estamos hechos para sentir, coraje, rencor, deseos de venganza, desprecio, dureza, ingratitud y todos los sentimientos negativos que nos llegan de acuerdo a las experiencias que vivimos o a las cosas que nos pasan en su momento. Pero tenemos que darnos cuenta que esos sentimientos negativos que llegan a nosotros, poco a poco nos destruyen, y a la única persona que dañan es a la persona que los siente. Por eso no debemos de albergar ni un sentimiento negativo en nuestro corazón y en nuestra mente.

—Tienes razón, Camilo, no vale la pena que yo albergue sentimientos negativos en mi corazón que acaben con mi paz y mi alegría. Mis abuelos me serán indiferentes por siempre.

—Bien, Paloma, no hay nada de malo si nuestros abuelos te son indiferentes, esa es una decisión propia. Si algún día solicitan tus servicios médicos; atiéndelos como a cualquier extraño.

Pasaron los meses, empezaron a caer las lluvias, el calor del sol disminuyó, empezó a nacer el césped y la grama, y se empezó a poner todo verde por doquier, todo el valle se miraba de colores, en unos lados se miraba amarillo por las flores de tallo pequeño de ese color, en otro lado se miraba blanco por las flores blancas, en otro lado se miraba de color naranja, rojo, violeta y rosa. Empezaron a nacer los riachuelos por doquier por las fuertes lluvias, empezaron a crecer los tallos altos de los girasoles, de las amapolas, de las orquídeas silvestres, de las flores cosmos y otras más. Las lluvias eran continuas y fuertes con truenos y rayos, sí, en esta estación habría cientos de miles de flores en las praderas por las fuertes lluvias.

Gabriel terminó de construir su casa y dirigiéndose hacia la clínica lo agarra una tormenta fuerte de agua, abre la puerta de la clínica, y Paloma le dice:

—¡Gabriel, bienes bien mojado!

—Me agarró la tormenta en el camino. Venía para llevarte a ver la casa que ya la terminé, quedó grande y amplia, construí dos cuartos extras para cuando vengan nuestros hijos.

—Esta tormenta no creo que se vaya pronto —dice Paloma—. Vamos Gabriel a ver tu casa.

—No, Paloma, ahorita ni un paraguas te protege de esta tormenta.

—No, no voy a llevar paraguas, vamos a caminar bajo la lluvia, que al cabo tú ya estás mojado —Paloma abre la puerta de la clínica y dice—: Vamos Gabriel —y sale de la clínica.

Gabriel va atrás de ella, Paloma lo toma del brazo y dice mientras siente caer el agua en su rostro y en su cuerpo:

—Sujétame bien, Gabriel, por si resbalo. Mira que maravilloso, caminando tú y yo bajo la lluvia. No alcanzo a ver de lejos, la lluvia es fuerte y espesa.

Se escuchan los truenos en las montañas pero no ven la luz de los rayos porque la lluvia es muy espesa por lo fuerte que llueve, el viento alza el vestido de Paloma y ella sujeta el vestido con una mano para que el viento no lo levante más.

Llegan a la casa de Gabriel, y Gabriel dice:

—Bueno, esta es nuestra casa, Antes de que nos casemos ya va a estar amueblada.

—Sí, Gabriel es grande, amplia y bonita, te felicito.

Gabriel acerca a Paloma a su cuerpo y se empiezan a besar apasionadamente y ardientemente, y cuando ya Paloma siente el descontrol de los dos por los besos ardientes, para, y dice mirando a través de la ventana:

—Mira, Gabriel, ya paró de llover, y mira, ya salió el sol. Salgamos a caminar por el campo, así el sol seca nuestra ropa.

Paloma y Gabriel se dirigen a caminar por el campo que ya está lleno de flores pequeñas de todos colores, y con los tallos creciendo de las amapolas, los mirasoles, las orquídeas silvestres y de otras flores. El cielo a quedado azul después de la tormenta, y se miran y se escuchan las corrientes de agua bajar de las montañas hacia los estanques del valle, el hermoso sol y caliente seca la ropa y calienta los cuerpos de Paloma y Gabriel mientras caminan tomados de la mano, Luego dice Gabriel:

—Paloma, va a haber tantas flores en todo el valle y de todos colores que cuando camines entre las flores de la pradera te va a cansar al ver tanta belleza, porque en esta estación vamos a tener más flores, ha llovido mucho y apenas empieza la temporada de las lluvias.

—No, Gabriel, yo nunca me cansaré de ver la belleza de las flores de la pradera. Gabriel, te aviso que en esta semana empiezan las amonestaciones de nuestra boda, y para que el padre Camilo nos case; tenemos que asistir a una plática que va a dar para todas las parejas que están por casarse.

—Sí, Paloma, tú me avisas cuando va a ser esa platica.

Empezaron las amonestaciones de todas las parejas que pronto se casarían. Llegó el rumor a los oídos de Jacinto de la próxima boda de Paloma y Gabriel, y por toda una semana se emborrachó en la cantina del pueblo con los músicos al lado de él por la tristeza que él no pudo conseguir a Paloma, Pues en verdad, él también se enamoró de Paloma, y en verdad, la quería sinceramente.

Pasaron unas semanas, y Paloma se sintió enferma, y le dice a Camilo:
—Hermano, voy a ir a la ciudad, sabes, no me he sentido bien, voy a que me hagan unos exámenes, y también tengo muchas ganas de ver al padre Camilo.

Le hicieron los exámenes a Paloma, y el doctor le dice:
—Lo siento, Paloma, pero no tengo buenas noticias.
—Dígame, doctor, de colega a colega.
—Tienes metástasis, tu cáncer ya está en todo tu cuerpo.
—¿Cuánto tiempo me queda de vida?

—No sé..., no sé cuánto tiempo hace que tu cáncer se propagó, las estadísticas dicen que seis meses una vez que te ha dado metástasis, pero en tu caso no sé cuánto tiempo ya llevas con el cáncer regado en todo tu cuerpo. Probablemente tienes unos tres meses de vida.

Paloma llegó con el padre Camilo, y dice:

—Camilo, no traigo buenas noticias.

—¿Le pasa algo al padre Camilo?

—No, él está bien.

—¿Entonces?

—Soy yo, Camilo.

—Dime, Paloma, ¿qué pasa?

—Camilo, me voy a morir, tengo entre tres a seis meses de vida, tengo cáncer y ya está regado por todo mi cuerpo.

El padre Camilo palideció con la noticia, y dice:

—¿Pero que me estás diciendo, Paloma?

—Sí, Camilo, esa es mi realidad.

—¡Oh!, Paloma, que voy a hacer sin ti, tú eres el único familiar que tengo —le dice el padre Camilo con lágrimas en los ojos.

—No..., tienes al padre Camilo y a tú vocación de sacerdote, y cuando yo ya no esté aquí, seguirás siendo sacerdote.

—¿Ya se lo dijiste al padre Camilo?

—Sí, él ya lo sabe.

—¿Y qué vas a hacer con Gabriel? ¿Le vas a contar lo que te pasa?

—¿Qué me recomiendas tú, padre Camilo?

—No, Paloma, yo no puedo decirte que hagas, pero la decisión que tú tomes, estará bien.

Crecieron las flores de la pradera, los mirasoles de color rosa, blanco, morado y violeta, las orquídeas silvestres por doquier, las amapolas rojas, las dalias, las margaritas y los girasoles.

Llegó Gabriel a la clínica, y dice:

—Buenos días, Paloma, es un día muy bonito hoy, no tienes pacientes, ven, caminemos por la pradera —ya en la pradera, caminaban tomados de la mano, y Gabriel dice—: Mira, Paloma, te dije que en esta estación iba a ver más flores que nunca. Hacía mucho tiempo que no crecían tantos girasoles y margaritas de todos colores, y hoy hay por donde quiera, hay muchas flores para adornar la iglesia el día que nos casemos.

—Gabriel, ¿estás listo para casarte conmigo?

—Sí, Paloma.

—Casémonos mañana mismo —le dice Paloma.

—¡¿Mañana?! Y la fiesta, la música, y los invitados, mi madre dijo que prepararía un gran banquete para el día de nuestra boda.

—No; no quiero nada de eso, lo que ya quiero es casarme contigo, vamos a hablar con el padre Camilo para que mañana nos case.

—Está bien, Paloma, pero primero vamos a darle la noticia a mi madre.

Llegaron a la casa de doña Julieta, y dice Gabriel:

—Madre, te venimos a decir que mañana nos casamos Paloma y yo.

—Gabriel, Paloma, pero si todavía no hay nada preparado para la boda.

—Así está bien, madre. Vamos a hablar con el padre Camilo para que nos case mañana.

Y diciendo estas palabras salieron de la casa hacia la iglesia para hablar con el padre Camilo. Luego Rebeca dice:

—¿No estará embarazada?

—No creo, sigue igual de flaca —dice Dalila.

—¿Entonces cuál es la prisa? —dice Dalia.

Luego dice doña Julieta:

—Hijas, prepararemos una comida para después de la boda aunque no duérmanos esta noche, e invitaremos a los vecinos, y sí; haremos una fiesta con música y baile. Vamos a trabajar las cuatro para llevar a cabo todo esto. También les pediré ayuda a las vecinas para que nos ayuden a cocinar. Asistiremos a la boda con nuestros mejores vestidos y cuando regresemos de la iglesia ya que esté todo listo para los invitados.

Tú, Dalila, ve con Juan y dile que mañana se casa tu hermano y que está contratado él y sus músicos para la boda de tu hermano. Yo iré a hablar con Daniel para que venga y mate el chivo y nos haga una birria de chivo, nosotras prepararemos el mole para la birria, la sopa de arroz, los frijoles y todo lo que se necesite, haremos una birria que se chuparan los dedos los invitados. Tú, Dalia, irás a invitar a los vecinos y a las familias de los amigos de tu hermano.

Dalia fue recorriendo casa por casa invitando a los vecinos a la boda de Paloma y Gabriel, a las familias de los amigos de Gabriel, y llegó a la casa de doña Isabel la madre de Jacinto, y dice:

—Doña Isabel, mi hermano se casa mañana, y venía de parte de mi madre a invitarla a usted y a toda su familia a la comida que le vamos a preparar.

—¡Ay!, Dalia, no sé qué decirte, no sé si será correcto, hija. Tú y todo el pueblo sabe de qué tan interesado estaba y está Jacinto en la señorita Paloma, se pasó toda una semana tomando en la cantina cuando se dio cuenta que Gabriel y Paloma se iban a casar.

—Yo y María sí vamos, Dalia —dijo Susana.

—Me va a dar gusto verlas allí en mi casa Susana, María. ¿Y cómo está Jacinto, doña Isabel?

—Yo lo veo triste, hija.

—¿Puedo hablar con él?

—Sí, hija, está en el despacho, ve.

Dalia tocó a la puerta.

—Adelante —dice Jacinto, Dalia entra y Jacinto al verla, dice—: Dalia, ¿qué te trae por aquí?

—¿Cómo estás, Jacinto?

—Bien gracias, ¿y tú?

—Bien gracias, Jacinto. Jacinto…, vine a invitar a tu familia a la boda de mi hermano, mañana se casa.

Jacinto mira a Dalia con ojos tristes, y dice:

—Tú hermano es un hombre con mucha suerte, mira que él se ganó a la señorita Paloma, tu hermano es un buen hombre, Dalia.

—Tú también eres un buen hombre, Jacinto, lo has demostrado ahora que se construyó la clínica, no faltaste ningún día.

—Sólo lo hice para quedar bien con la señorita Paloma.

—Siento que has cambiado, Jacinto, me lo dice el corazón. El amor que sentiste por Paloma te ha cambiado para que seas un hombre bueno —Jacinto mira a Dalia a los ojos mientras ruedan sus lágrimas por sus mejillas, Dalia se acerca al escritorio de Jacinto, se sienta en una silla, toma la mano de Jacinto con sus dos manos, y dice—: Todo va a estar bien,

Jacinto —suelta la mano de Jacinto, se pone de pie y vuelve a decir—: Todo va a estar bien, que pases buenas tardes, Jacinto.

Dalia empieza a retirarse, y Jacinto dice poniéndose de pie y acercándose a Dalia:

—Espera Dalia —se acerca a ella, y dice—: Muchas gracias por tus palabras, y muchas gracias por la invitación.

Paloma recorrió el pasillo de la iglesia sola con su vestido de novia mientras Gabriel y el padre Camilo la esperaban en el altar, y todos los presentes admiraban su belleza, pues había heredado la belleza de Ninfa, su madre, que tenía la belleza de una ninfa. Paloma y Gabriel fueron casados por el padre Camilo. Se terminó la ceremonia y salieron de la iglesia dirigiéndose ellos y los que asistieron a la misa hacia la casa de doña Julieta donde les esperaba un banquete, la música, y por la noche el baile. Y Paloma y Gabriel se sentían felices de ahora pertenecerse uno al otro. Aunque la iglesia no estuvo adornada con las flores de la pradera como Paloma lo había deseado por casarse aprisa. Ya en la fiesta, Paloma y Gabriel disfrutaban de la deliciosa birria en mole, de la música y de la presencia de los invitados. Se llegó la noche, bailaron y luego se retiraron a su nueva casa. Paloma y Gabriel se entregaron uno al otro, y tuvieron su noche inolvidable de recién casados, y Paloma se sintió feliz de ser la mujer de Gabriel. Por el otro lado, Gabriel no podía creer que una mujer tan hermosa como Paloma fuera su esposa.

Pasaron las semanas, y Paloma era feliz viviendo con Gabriel, trataba de disfrutar cada momento de su vida con Gabriel, y cuando se acordaba de su triste destino, borraba en seguida ese pensamiento de su mente para no opacar los pocos días que le quedaban de felicidad junto a Gabriel.

Un día, caminando por entre las flores de la pradera ya como marido y mujer, Paloma dice:

—Gabriel, me pregunto si en el paraíso habrá tantas flores bonitas como aquí.

Paloma empezó a perder peso, se cansaba ya muy rápido, tenía fiebre y dolor de cabeza ya muy seguido, náuseas, vómitos y dolor en los huesos. Y Gabriel le dice ya todo preocupado:

—Dime, Paloma ¿qué te pasa?, has perdido mucho peso, a menudo escucho tus quejidos, sé que estás enferma, ¿dime que tienes?

—No te preocupes, Gabriel, sí es verdad que he perdido peso, y sí me he sentido enferma, pero ya estoy tomando un medicamento que pronto me aliviará de este malestar.

Paloma llegó con el padre Camilo, y el padre al verla dice:

—Paloma, ¿cómo te sientes? porque ya no te veo bien.

—Camilo, ya estoy cerca de marcharme, y me duele tanto dejarte a ti y a Gabriel, me duele que Gabriel vaya a sufrir por mi partida —dice Paloma con lágrimas en los ojos.

—¿Ya se lo dijiste a Gabriel?

—No, no le he dicho nada, y ya no le voy a decir, lo mantendré con la esperanza de que me voy a poner bien. Padre Camilo, ¿me confiesas?

—Sí, Paloma. El Señor esté en tu corazón para que te puedas arrepentir y confesar humildemente tus pecados. Dime, tus pecados, Paloma.

—Padre, me acuso de sentir el rencor y el desprecio más grande que puede sentir un ser humano por las personas que le hicieron daño a mi madre.

—¿Qué más?

—Es todo, padre Camilo.

—¿Le has hecho daño a ellos con tu rencor y con tu desprecio?

—Sí, padre Camilo, a mí abuela cuando la conocí, me porté muy dura con ella, y estoy segura que la herí con mi dureza y mi desprecio.

—¿Y estás arrepentida de sentir ese rencor y ese desprecio hacia nuestros abuelos?

—Sí, padre Camilo, y los perdono en nombre de mi madre, que murió en la miseria más terrible, porque mis abuelos le dieron la espalda y la corrieron de su lado como a un perro cuando más los necesitaba.

—Bien, Paloma, yo te absuelvo de tus pecados en el nombre del Padre, del Hijo, y del Espíritu Santo.

—Muchas gracias, Camilo, ya me voy.

—¿Quieres que te acompañe a tu casa?

—No, Camilo, estaré bien.

Paloma llegó a su casa, se acostó a en la cama a descansar, se durmió, pero ya no despertó más, su corazón dejó de trabajar.

Más tarde, llegó Gabriel del campo, entró al cuarto y vio a Paloma acostada y durmiendo en la cama, cerró la puerta lentamente y salió del cuarto, luego se dirigió hacia la casa de su madre para dejar descansar a Paloma. Cuando llegó a la casa de la madre, dice:

—Buenas tardes, mamá.

—Buenas tardes, hijo, ¿ya comiste?

—No, mamá, llegué del campo y vi a Paloma descansando y durmiendo en la cama, y me vine para acá para dejarla descansar.

—¿Y cómo está Paloma, hijo?

—No bien, mamá, ha perdido peso, y a veces tiene malestares, pero dice que ya está tomando un medicamento que pronto la pondrá bien.

—Espero que así sea, hijo —dice doña Julieta mientras le sirve a Gabriel un plato de comida.

Gabriel llegó más tarde a su casa, abrió la puerta del cuarto y vio que Paloma seguía durmiendo, agarró una silla, la puso cerca de Paloma, se sentó en la silla y luego con voz dulce, dice:

—Paloma, Paloma.

Pero; Paloma ya no le contestó, tomó la mano de Paloma y la sintió fría ya sin vida, Gabriel empezó a llorar amargamente, pero nadie escuchó su llanto. Más tarde, se dirigió de vuelta a la casa de su madre, y su madre al verlo pálido y con los ojos rojos, le pregunta:

—¿Qué pasa, hijo?

—Madre, Paloma ha muerto, Paloma se murió.

—Gabriel se echó a llorar en los brazos de su madre como cuando era un niño.

Dalia al ver la escena, pregunta:

—¿Qué pasa, mamá?

—¡Ay!, hija, que Paloma se murió.

La madre y las hermanas empezaron a llorar junto con Gabriel por un rato, luego doña Julieta le dice a Rebeca:

—Rebeca, ve avísale al padre Camilo de lo que está pasando. Nosotras nos vamos a ir con Gabriel a su casa.

Más tarde, se empezó a juntar la gente en la casa de Gabriel al saber que Paloma la esposa de Gabriel había muerto.

El siguiente día, se corrió la voz por todo el pueblo que Paloma había muerto, y que la misa de cuerpo presente iba a ser a las dos de la tarde y que después de la misa se iba a llevar a cabo el entierro.

Terminó el padre Camilo de oficiar la misa de cuerpo presente, sacaron a Paloma de la iglesia y se dirigieron al cementerio, y todo mundo miraba que Gabriel estaba destrozado. Jacinto era uno de los que cargaba la caja y por allí se escuchó uno que otro comentario sobre Jacinto diciendo: "Jacinto también está triste, porque él también quería a Paloma".

Paloma fue enterrada, y poco a poco se marchó la gente, sólo quedó Gabriel y Jacinto contemplando la tumba de Paloma, y Gabriel con lágrimas en los ojos le dice a Jacinto:

—Jacinto, Paloma quería que en nuestra boda la iglesia estuviera adornada con flores de la pradera —Gabriel contagia a Jacinto con sus lágrimas y las lágrimas de Jacinto también empiezan a rodar por el rostro de Jacinto—, pero no se pudo, porque ella tuvo prisa en casarse, y ahora ya sé porque tenía prisa en casarse —Gabriel no puede continuar seguir hablando por un momento, porque el llanto ahoga sus palabras, luego continua—. Pero ahora, voy a adornar su tumba con las flores más hermosas de la pradera, ¿me acompañas a cortar flores de la pradera para ponerlas aquí en la tumba de Paloma?, ¿me acompañas, Jacinto?

—Sí, Gabriel —le dice Jacinto con lágrimas en los ojos.

Gabriel y Jacinto cortaron las flores de la pradera, y ya atardeciendo, las pusieron en la tumba de Paloma. Gabriel cayó de rodillas en la tumba de Paloma, y dice en llanto:

—¡Oh!, Paloma, has volado al cielo y me has dejado solo.

El sol se empezó a ocultar, y Jacinto dice:

—Ya vámonos, Gabriel.

—No, no quiero dejarla sola.

—No, Gabriel, ya vámonos, tienes que aceptar que ella ya no está aquí con nosotros, tú mismo lo has dicho, que Paloma ya voló al cielo. Vámonos Gabriel.

Jacinto y Gabriel empezaron a caminar dejando atrás la tumba fría y solitaria de Paloma, y Gabriel dice:

—Jacinto, mañana también cortaré flores, ¡las más bellas!, y las depositaré en la tumba de Paloma. Y todos los días, le llevaré flores, hasta que el sol seque las flores de la pradera. Y cuando vuelva a llover, y nazcan las flores de la pradera, su tumba volverá a estar adornada con las flores más bellas de la pradera.

Y así, el destino llevó a Paloma a las flores de la pradera, a la tierra de Ninfa, su madre, para que ella caminando entre las flores de la pradera encontrara y conociera el verdadero amor, aunque haya sido por tan poco tiempo, pero más vale conocer el verdadero amor por poco tiempo, que nunca conocerlo.

FIN